DOUCES TURBULENCES

DU MÊME AUTEUR

Verte plénitude
roman
Editions Spinelle, 2024

OLIVIER VIBERT

DOUCES TURBULENCES

Roman

En application de l'art. L.137-2.-I. du code de la propriété intellectuelle, toute reproduction et/ou divulgation de parties de l'œuvre dépassant le volume prévu par la loi est expressément interdite

© Olivier Vibert, 2025

Édition : BoD · Books on Demand, 31 avenue Saint-Rémy, 57600 Forbach, bod@bod.fr
Impression : Libri Plureos GmbH, Friedensallee 273, 22763 Hamburg (Allemagne)

ISBN : 978-2-3225-1695-7
Dépôt légal : Janvier 2025

A Paule-Emmanuelle

1

Le bruit strident des machines. La sensation de froid. Le corps mis à nu. Ce n'était pas le plus beau souvenir laissé par une semaine précédant Noël. Dans un élan de générosité, le célèbre descendant de Saint-Nicolas l'avait comblé. Le plus impressionnant, du moins le plus désagréable fut sans conteste de se trouver relié à un respirateur artificiel après une anesthésie générale pour procéder à l'intubation. L'éclairage à forte intensité, les moniteurs multiparamétriques venaient ajouter ce qu'il faut afin d'installer durablement l'ambiance morbide et garantir l'inconfort maximal des infortunés patients.

Sans crier gare, d'étranges symptômes étaient apparus durant le week-end. D'abord, une raideur au niveau de la nuque, rapidement suivie d'une sorte de rigidité des bras et des jambes. Ensuite, des spasmes musculaires douloureux, les contractions étaient aussi involontaires que déconcertantes. Ne prenant pas immédiatement la mesure de la situation, il avait pensé à un état de fatigue passagère et s'était affalé dans son confortable fauteuil.

Lorsqu'il commença à éprouver de sérieuses difficultés respiratoires, il se résolut à contacter enfin les services d'urgence. La suite des événements était plutôt floue, les souvenirs devenaient imprécis. Il revoyait vaguement une infirmière se penchant vers lui pour le rassurer au moment du réveil, tout en réalisant qu'il avait un tube dans la bouche. A ses côtés, tel un androïde tout droit sorti d'un film de science-fiction, une machine blême et énigmatique semblait tendre les bras dans sa direction. Médicamenté pour supporter la douleur, il s'était senti comme envahi par une curieuse sensation de légèreté, de flottement dans l'espace, simplement intrigué par le fonctionnement du respirateur.

La porte du bureau s'ouvrit. Un quadra qui ressemblait assez à Simon Baker dans Mentalist apparut. Après avoir promené un regard circulaire autour de lui, d'une voix claire il annonça en haussant légèrement les sourcils : « Monsieur Lessart-Filon Valérios. »

Tandis qu'il observait les mocassins souples Weston en nubuck bleu du clinicien, celui-ci contourna son bureau avant de se présenter : « Je suis le docteur Labiche, médecin intensiviste-réanimateur. C'est moi qui vous ai pris en charge à votre arrivée dans le service.

- Enchanté, docteur ; enfin, si je puis dire...
- Valérios, c'est grec ? Décidément, je n'arrive pas à le mémoriser. C'est bizarre, vous n'avez pas du tout le type grec, et vous êtes châtain clair.
- Val suffira ; ce sera plus simple. »

Une présentation peu conventionnelle, s'étonna-t-il alors que le praticien s'amusait à répéter son prénom.

A l'évidence, il ne manquait pas d'aplomb. Porter le nom de Labiche et commenter ainsi le prénom d'un patient était singulier. Après une courte pause, il poursuivit : « Bon, nous ne sommes pas là pour ça. Vous avez été placé cinq jours sous ventilation mécanique puis nous avons procédé à l'extubation. J'ai noté une blessure à la main droite, une entaille récente de trois centimètres, ce qui pourrait expliquer la cause de votre séjour ici...
- J'aimerais comprendre, jusqu'ici c'est un mystère pour moi.
- Je vais donc lever le voile. Vous avez contracté le tétanos, sous sa forme la plus grave, celle qui touche tout le corps, dite "généralisée".
- Le tétanos ?
- Oui, le tétanos. Savez-vous si vous êtes à jour dans vos vaccins ? Je vous pose la question car vos parents qui ont été sollicités – et qui vous ont rendu visite pendant votre hospitalisation – n'ont pas retrouvé votre carnet de vaccination. Votre mère était catastrophée... votre père, lui, est un peu spécial, il n'avait pas l'air de trop s'inquiéter.
- Pourquoi s'inquiéter ? Ce n'est que le tétanos.
- Vous êtes médecin ? »

La spontanéité de Val fit sursauter Labiche. Devinant sa contrariété, il estima avoir manqué une occasion de se taire. Le clinicien ne put réprimer un soupir de lassitude. « J'en déduis que vos vaccins ne sont plus à jour...
- C'est tout à fait possible, car je ne me souviens pas ; pour tout dire, il y a longtemps que je n'ai pas effectué le moindre rappel vaccinal.
- Eh bien voilà ! » s'exclama Labiche en ouvrant les

bras, avachi dans son fauteuil pivotant. Adoptant soudain un air grave, probablement celui qui sied à ces circonstances, il se redressa, joignit les deux mains et inspira profondément.

« Le tétanos généralisé n'est pas une maladie bénigne. Il s'agit d'une infection aigüe, grave, qui plonge dans un état critique ; et l'atteinte des muscles respiratoires peut entraîner le décès par asphyxie, sans oublier d'autres risques liés aux complications classiques des personnes en réanimation, que je ne vais pas détailler.
- Je me trouvais à la campagne récemment. Je me suis blessé à la main de façon superficielle, ce qui ne m'a pas trop préoccupé sur l'instant.
- Il n'en faut pas davantage ! Le bacille de Nicolaïer est une bactérie qui vit principalement dans le sol, la boue, la poussière, entre autres...
- Je n'imaginais pas être concerné, étant jeune et en assez bonne condition physique. »

En guise de réponse, le médecin sourit, optant pour un silence méprisant. Heurté par l'insouciance apparente de son patient, il orienta l'entretien vers les questions post-opératoires. Le fréquent mal de gorge inhérent à l'intubation trachéale était minime, hormis une fatigue générale aucun autre effet secondaire n'était à signaler.

« La mésaventure se termine pour vous, j'en suis ravi. Parfois, les patients ont besoin de temps pour recouvrer l'usage de la voix, ce qui ne sera pas votre cas ; et cette asthénie passagère et réactionnelle est normale. Il est nécessaire à présent de récupérer. Prenez du repos.
- Quelques jours pourraient suffire, je suppose.
- Eh bien vous supposez mal, Val ! Comptez quatre

à six semaines pour une récupération complète.
- Sur le plan professionnel ça ne sera pas simple, si mon absence se prolonge. »

Bien décidé à désamorcer la contestation naissante et à décourager un probable marchandage, le spécialiste ne put réprimer un geste d'agacement avant de répondre.
« Vous êtes toujours comme ça ? Outre le traitement, vous avez reçu une anesthésie générale. Ignorez-vous les effets secondaires sur l'organisme ? Ce n'est pas un geste médical anodin, vous comprenez ?
- Je suis simplement surpris du temps nécessaire pour la récupération, d'où mon interrogation, car je me sens un peu fatigué mais pas épuisé.
- On dirait que rien ne vous atteint, vous semblez ailleurs... je ne sais où... » Et il se tut.

Assis devant lui, le trentenaire restait placide, presque imperturbable. Peu à peu il affaiblissait la résistance de Labiche, à l'image d'une carapace sur le point de se fissurer. Après quelques hésitations, sur un ton lénifiant, le clinicien se lança : « Moi aussi je suis passé par la case réanimation. Il y a plusieurs mois j'ai été infecté par le virus du Covid ; ça m'a pris pendant mon cours de golf, je ne pouvais pratiquement plus respirer.
- Je suis heureux que l'issue ait été favorable.
- Oui, et c'est le genre de choses auxquelles nous ne sommes pas préparés en tant que soignants » admit-il en réalisant qu'il venait de se confier à un patient, que soudain les rôles s'étaient inversés.

Durant ces brefs instants, les aveux inattendus avaient créé une étrange impression, qui aussitôt se dissipa. Il crut que le praticien était venu à son tour consulter. Une idée lui traversa tout de même l'esprit, le questionner un peu mais il se ravisa, préférant un silence prudent. Le docteur Labiche était en somme un personnage plutôt surprenant. Avec ses manières expéditives et son côté petit bourgeois suffisant, d'emblée il n'attirait guère la sympathie ; Val l'avait trouvé carrément antipathique. La situation évolua lorsque Labiche se dévoila, évoquant ses propres et récents soucis de santé. Sans être en mesure de l'expliquer, il parut alors nettement plus agréable, peut-être tout simplement plus humain.

S'ensuivirent de curieux concepts. Son jeune pensionnaire le trouvait plus sympathique mais moins rassurant. Plus sympathique, car il ne se limitait plus à cette image du médecin arrogant ; il était devenu une personne lambda affrontant ses difficultés, comme lui. Il est étonnant de constater que ceux qui ont de sérieux problèmes dans leur existence deviennent sympathiques, comme s'ils rejoignaient la même confrérie. Et moins rassurant, car qui voudrait être soigné par un malade ? C'est assez idiot, se dit-il, mais c'est ainsi, on a soudain le sentiment de pouvoir attraper la pathologie de l'autre en plus de la sienne... anxiogène à souhait. Son infection lui suffisait pourtant amplement et l'avait déjà comblé au-delà de ses espérances.

Alors qu'il s'abîmait dans ses pensées depuis un petit moment, Labiche patientait, tapotant du bout des doigts sur son bureau. Tout à coup, il émergea.
« Je sens que vous êtes déjà parti, je vais donc vous laisser. Suivez mes recommandations et prenez soin de

vous. » Le clinicien se leva d'un bond, après quoi il lui serra énergiquement la main.

Ayant reçu son congé de l'hôpital, il s'engagea sur le boulevard menant à la bouche de métro la plus proche, l'esprit libéré. Ce n'est qu'au cours du trajet vers son domicile qu'il prit réellement conscience de la gravité des événements, bercé par la longue rame de wagons. Il venait d'échapper à la mort. Parfois tout se précipite, songea-t-il, à trente-deux ans on se croit invulnérable, pour ainsi dire éternel. Il ne s'expliquait pas davantage son attitude à l'hôpital, une sorte d'insouciance presque embarrassante pour le personnel soignant, incomprise du turbulent et néanmoins attachant docteur Labiche aux mocassins bleus. Se pourrait-il qu'il y ait derrière tout cela une invisible mais réelle influence paternelle, se demanda-t-il, avant de repousser mentalement cette hypothèse déplaisante.

La loi des séries est-elle une fatalité ? Il se remémora l'interrogation soulevée lors d'une soirée entre amis ; une question pas forcément idiote s'il considérait son passé récent. L'année précédente, il divorçait. Ce fut une période pénible qui l'avait affecté sur le plan moral, et surtout financier. Il supposait que les ennuis étaient enfin derrière lui. Il grimaça en pensant à son ex-femme, qui s'était enfermée dans un contentement de soi, arguant des « jolis souvenirs laissés par cette vie à deux, et de l'essentiel à ses yeux, se quitter bons amis. » La vie à deux aurait donc été si belle qu'elle mena au divorce ?

Que ce cher Murphy ait vu juste ou pas, peu importe, ces idées jetaient temporairement la confusion dans son esprit, sans toutefois le priver de la croyance en des jours meilleurs. De là à penser que femmes et hommes puissent se trouver compatibles au point de vivre sous le même toit sans tendre tôt ou tard vers l'irréparable conflit, il n'osait franchir ce pas. De fait, il commençait à nourrir quelques doutes sur la conception du bonheur lié à la vie de couple hétérosexuel. Les hommes sont-ils faits pour vivre avec les femmes, et inversement ? Que les deux sexes éprouvent une certaine satisfaction du fait de se rencontrer, se fréquenter, se lier d'amitié, oui, il avait l'intime certitude de cette possibilité. Partager avec succès le quotidien restait pourtant une équation complexe, sans solution. Val se souvint du jour où il avait pris l'initiative d'engager cette discussion sérieuse avec son épouse, qui l'avait quitté sur-le-champ. Face à cette réaction pour le moins mystérieuse, il s'était contenté d'une formule expéditive : « Décidément, que les femmes sont inaccessibles… ; pas sûr non plus que ma mère soit en mesure de m'éclairer sur ce point. »

Toujours plongé dans ses pensées qu'il jugea inutiles, après avoir rattrapé de justesse les correspondances sur son itinéraire, il arriva à destination. C'était le terminus de la ligne 9, Pont de Sèvres, ce qui lui garantissait le succès. Le pont franchi, il eut envie d'un léger détour pour flâner au cœur du parc de Brimborion, un écrin de verdure à deux pas de son appartement. A la porte en forme de pont, il se réjouit de sillonner à nouveau les allées bordées de forêts, prairies, et le jardin d'ornement.

Longeant les rocailles typiques des jardins à l'anglaise, il poursuivit sa réflexion. Avec un métier passionnant, le fils unique d'un couple d'enseignants avait été plutôt choyé au cours de sa jeunesse, dans un cadre familial certes atypique. Il n'avait aucune raison de se sentir malheureux, aucune raison de se plaindre, cependant il lui manquait quelque chose pour connaître un plein épanouissement. L'épisode très inattendu des dernières semaines allait possiblement l'amener à réfléchir sur le sens de l'existence, la sienne plus précisément.

Ancré à flanc de colline et surplombant le fleuve, le parc offrait au détour du chemin un spectacle reposant, sans cesse renouvelé. Chacune des terrasses invitait à une halte. Accoudé aux balustrades en pierre de taille, il contempla le panorama unique s'ouvrant sur la vallée de la Seine, les communes alentour, une partie de la capitale. Au loin se dressait le Mont Valérien, lieu de culte médiéval devenu forteresse militaire. Derrière les arbres le timide soleil déclinait déjà. Il reprit sa marche, revigoré par la courte pause.

A son domicile, le sévrien retrouva les joies de la pleine propriété, celles liées au calme et au plaisir d'être privé des sonneries stridentes du service réanimation ; non, « le service de médecine intensive » aurait sans doute rectifié le singulier docteur Labiche. Au dernier étage d'une petite copropriété, il possédait un joli deux-pièces, lumineux et soigné. Le style industriel était souligné par le béton brut omniprésent et un pan de mur en briques. Les poutres métalliques à rivets, d'inspiration Gustave Eiffel, associées à une décoration typée ''indus'' étaient du plus bel effet. Un grand miroir verrière rectangulaire fixé entre les meubles en métal et bois massif venait harmoniser l'ensemble. Au centre de la pièce principale, une spectaculaire horloge murale en métal noir et beige surmontait deux fauteuils marron en cuir fendu, tanné, légèrement vieilli.

Dans le salon et la chambre, il constata que les tiroirs étaient entrouverts. Il resta un instant interdit avant de se souvenir que ses parents, venus à la hâte chez lui pour chercher le carnet de vaccination, n'avaient pas eu la tâche facile ; lui-même ignorait s'il s'y trouvait. Il doit être quelque part ici, supposa-t-il en balayant la pièce du regard.

Après s'être servi un thé noir bio des hauts plateaux du Laos, il admirait à la fenêtre le crépuscule lorsque lui revint une allégation de sa mère, laquelle ne devait en aucun cas être réfutée. Selon elle, observer un coucher de soleil était vraiment bénéfique pour la santé en général, le psychisme en particulier. Dans de telles circonstances, le fiston jugeait préférable de ne pas réagir et, surtout, de s'abstenir de tout commentaire. « La somme de conneries qu'il faut se coltiner dans une année est assez invraisemblable... » marmonna-t-il, tout en réalisant qu'une visite à ses parents dès le lendemain serait légitime. Au chapitre des visites urgentes, une seconde s'imposait, celle-ci sur le plateau de Saclay afin d'informer son directeur de sa possible reprise anticipée.

A présent voilé par des nuages élevés, le ciel se parait de splendides teintes roses ; peut-être était-ce le signal de l'arrivée de la neige dont la moindre pellicule pourrait paralyser les axes routiers et congestionner les trottoirs.

Vers le milieu de la matinée, Val opta pour un trajet en voiture. C'était mercredi, la circulation était fluide. Il prit la direction du pont de Sèvres, le franchit, s'engagea sur l'avenue Leclerc pour rejoindre la porte de Saint Cloud. L'avenue de Versailles le mena sans encombre au pont Mirabeau. Sur l'autre rive, il bifurqua rapidement sur la rue Saint-Charles qu'il remonta au ralenti en direction du boulevard de Grenelle, puis il dépassa sur sa droite la place Charles-Michels.

Le quinzième arrondissement de Paris était un quartier qu'il connaissait bien pour y avoir passé son enfance, un quartier qu'il avait vu évoluer. La foule s'était bientôt densifiée par suite de l'inauguration en grandes pompes du centre commercial Beaugrenelle.

En observant les flots de passants émerger de la bouche de métro, il lâcha un juron. Les articles dithyrambiques parus dans la presse locale n'avaient pas hésité à clamer que le nouveau lieu de shopping était incontournable, qu'il redonnait même de la couleur à un quartier bétonné et glauque. Lui qui appréciait les métiers de bouche de la rue Saint-Charles et affectionnait tous leurs produits, il n'avait pas réussi à saisir la teneur du message.

Il consulta brièvement l'ordinateur de bord de l'Audi A3 hybride rechargeable. Déclinée dans une version sportback elle développait 204 chevaux inutiles, car en configuration électrique était annoncée une autonomie maximale et utopique de soixante-sept kilomètres. En somme, des chiffres plutôt ridicules, considérait l'ingénieur motoriste d'un œil expert. Leurs enjeux sont-ils aussi forts que dans l'aéronautique ? s'interrogea-t-il.

A la porte du domicile parental, tandis qu'il empoignait machinalement le bouton de tirage en laiton vieilli, il réalisa que le verrou avait été ôté.

Etendue de tout son long sur le canapé jaune, le visage recouvert de rondelles de concombres, sans se lever Sybille s'exclama : « Ah mon chéri c'est toi, entre ! Si tu savais à quel point tu nous as fait peur avec ton infection, ce tétanos !
- Désolé maman, ce n'est pas le genre de choses qui se planifie.
- C'est ce que tu prétends, cependant si tu prenais soin de toi, en surveillant les dates de rappel de tes vaccins, rien de tel ne se serait produit. Non mais franchement c'est une histoire de fous, et ton carnet de vaccination qui était introuvable... »

Val tenta une diversion : « Ta salade de légumes sur le visage, c'est agréable au moins ? »

Piquée au vif, elle rétorqua : « Oh, petit être inculte, ne te moque pas, il s'agit d'un masque. Le concombre est un légume originaire du Mexique, semble-t-il, une vraie merveille aux vertus absolument miraculeuses.
- Je n'en doute pas...
- Très efficace pour améliorer la fraîcheur et la beauté du visage ; mais il aussi d'autres vertus, notamment un effet anti-rougeurs garanti. Ceux atteints de couperose, vois-tu, devraient l'utiliser davantage, sans oublier le pouvoir apaisant.
- Je ne suis pas couperosé, maman !
- Toi non, du moins pas encore. Ton père, lui ça commence, quand je lui en parle il se contente de soupirer. Personne ne m'écoute ici... »

A ses côtés, assis sur l'accoudoir du canapé, Hermès contemplait la scène, fier et imperturbable.

Marquant un temps d'arrêt, il écarquilla les yeux. Sa mère lui jeta un regard satisfait, savourant l'effet produit sur le fiston. Le père apparut : « Salut mon grand, ça y est, tu vas mieux ? Je n'ai rien manqué de vos messes basses. N'oublie pas que toi aussi tu ressemblais à un légume il n'y a pas si longtemps... »

Retracer en détail le parcours hospitalier des derniers jours semblait sincèrement l'amuser. En réanimation, d'après ce qu'il pouvait en juger, son fils l'aurait dévisagé sans manifester la moindre émotion, comme s'il planait dans un espace extraterrestre. Face à l'indignation de sa femme, Gilles voulut tempérer : « Lors de ma venue j'ai vu que tu respirais, c'est le principal. Qu'aurais-je pu faire d'autre ? Ensuite le médecin est arrivé. Chez toi, as-tu finalement retrouvé ton carnet de vaccination ?

- Ce n'est plus utile ; on m'a confirmé que j'avais fait l'objet d'un ''rattrapage vaccinal''.
- Et c'est moi qui me fiche de tout ici, parait-il... »

Sybille qui venait de se relever, intervint : « Tu vas rester déjeuner avec nous, mon chéri ?

- C'est gentil maman, mais à midi j'ai prévu de...
- Parfait ! Il y a des brochettes de légumes grillés, nous déjeunerons dans trois quarts d'heure. »

Alors que les hommes échangeaient un regard attristé, Hermès quitta à son tour le canapé, vint s'asseoir près de la porte d'entrée. Sybille s'approcha et le revêtit de son manteau bleu, assorti au collier végétalien en cuir de liège. Bijou de luxe au style artistique unique, chaque modèle en cuir de la marque italienne, fabriqué à la main avec amour et soin en Toscane, était caractérisé par la haute qualité de couture, une sérigraphie personnalisée, rehaussé par des pièces serties en laiton. Hermès ne sortait jamais sans ses bijoux. Avec sa petite tête ronde à l'expression vive, une queue au port altier, la pointe revenant légèrement sur le dos, le chihuahua mâle de cinq ans à la robe crème dictait sa loi. Inscrit au LOF, le petit tyran faisait la fierté de sa maîtresse et manquait rarement une occasion de rappeler à son entourage les règles qu'il avait à l'évidence lui-même fixées. Etalon reconnu, le champion de deux kilos entendait profiter au maximum des plaisirs simples de la vie.

 L'exercice matinal dura grosso modo un quart d'heure, au cours duquel il crut bon d'effectuer un énième rappel d'ordre hiérarchique au dogue allemand de soixante-dix kilos d'un proche voisin, et signifier une fois pour toutes à sa maîtresse adorée qu'il détestait être pris dans les bras ; un geste plutôt destiné aux chiens lilliputiens. Le duo de promeneurs reparut peu avant midi.

 Dans l'intervalle, le maître des lieux s'était livré à quelques confidences sur ses méthodes pédagogiques. Adepte d'expériences authentiques, surtout inédites, le professeur de philosophie arpentait régulièrement les environs afin de dénicher les bars fréquentés par ses étudiants, et plus récemment montrait un intérêt tout particulier pour les bars interlopes. L'accoutrement de Gilles angoissait sa femme, qui le voyait disparaître parfois dans des tenues jugées étonnantes pour un homme de cinquante-sept ans. Ne manquant pas de répartie, il arguait simplement que ce procédé favorisait l'immersion au sein des groupes. Val l'écoutait avec attention décrire son observation des comportements en ces lieux disparates, exercice qu'il estimait utile pour servir ses sujets d'étude. S'agissant du philosophe et non du père, le rejeton était assurément plus réceptif. Pour Gilles, les courtes escapades n'étaient ni plus ni moins qu'un moyen de lui donner accès à une sorte de "laboratoire humain" essentiel à la préparation des futurs cours dispensés, qui s'en trouvaient enrichis.

Aussitôt la porte d'entrée franchie, Sybille s'exaspéra : « Tu m'inquiètes beaucoup à fumer autant, Gilles, ton cardiologue t'a pourtant mis en garde. » Il esquissa un sourire narquois, naturellement peu enclin à suivre les recommandations, encore moins à accepter les diktats.

Les brochettes de légumes grillés révélèrent de jolies combinaisons de couleurs. A défaut de les ravir, ils firent le constat de l'efficacité de la nouvelle pierrade, posée au centre de la table. Celle-ci offrait une cuisson parfaite des poivrons, oignons rouges, champignons, courgettes zucchini et mini-tomates. Gilles demeurait silencieux, de nouveau plongé dans ses pensées, feignant l'euphorie.
« Ah... vous voyez messieurs, toutes ces saveurs, c'est un régal, n'est-ce-pas ? » trancha soudain Sybille. L'invité acquiesça timidement avant que sa mère ne poursuive : « Depuis un an Hermès a une alimentation végane, comme nous ; c'est du haut de gamme. Il est horrible de faire manger un animal par un autre animal, nous ne sommes pas dans la nature tout de même ! » Val eut un léger frémissement, avant de s'interroger à voix haute : « Lui a-t-on demandé son avis, au gentil carnivore ? »

Tout à coup Hermès se redressa. La discussion s'était animée autour de lui. Il pencha la tête, tantôt à gauche, tantôt à droite, étudiant ces drôles d'humains en train de s'asticoter. Sybille soupira longuement et se tut. Le fils renchérit en s'adressant au chihuahua :
« A présent, ça nous fait deux points en commun ; un, l'origine de nos prénoms, deux, le régime alimentaire.
- Oui je sais Valérios, tu n'aimes pas ton prénom, je n'ai jamais compris pourquoi.
- Etait-ce utile de choisir pour lui aussi un prénom d'origine grecque ? » rétorqua-t-il avec malice.

Professeure de lettres classiques – latin et grec – Sybille avait sélectionné ce prénom pour sa signification liée au courage. Contrariée, elle voulut préciser :
« Tu sais, le plus drôle, c'est que mes parents n'avaient aucune attirance particulière pour le grec ou le latin, et cependant ils ont choisi pour moi un prénom ayant à la fois des origines grecques et latines. C'est incroyable, tu ne penses pas ? Sans savoir que mon métier allait prendre cette orientation. » Le fils acquiesça de nouveau. Cette histoire, il ne l'a connaissait que trop bien, pour la prolonger il pouvait aussi ajouter que Sybille aurait adoré se prénommer Euphémie, toujours en raison de la signification associée : des femmes à la réputation flatteuse – chaleureuses, affectueuses, hypersensibles.

Gilles n'avait pas prononcé un mot. Bercé durant sa vie par les préceptes de la sagesse antique, vouant une passion pour les hellènes en matière de philosophie, il prônait l'ataraxie, principe du bonheur dans le stoïcisme et le scepticisme. Semblant se foutre de tout y compris de sa propre famille, c'était toutefois un père agréable et original. Durant son enfance, Val éprouva le curieux sentiment d'avoir vécu "dans les parages", rarement "à ses côtés". Globalement peu présent pour les siens, Gilles ne partageait pas cette vision des choses. Etre un bon père à ses yeux emportait l'idée de maintenir une certaine distance avec les enfants, un concept bénéfique à tous : éviter de les materner les rendrait à coup sûr plus autonomes et plus forts ; par là même les parents ne s'arrêteraient plus de « vivre en passant l'essentiel de leur temps, de leur énergie au profit de la couvée. » Somme toute, l'influence de certains philosophes grecs de renom perdurait.

Sur un ton apaisé, tout en servant le thé, Sybille reprit : « Les semaines de repos à venir vont te permettre de reprendre des forces, c'est rassurant. A ce propos, ton médecin dont j'ai oublié le nom parlait d'environ quatre semaines pour une récupération satisfaisante, je ne me trompe pas Valérios ?

- En fait, je reprends lundi » répondit-il platement. A l'unisson les parents tressaillirent. Sybille le fixa un instant, l'œil torve. Gilles, qui avait amorcé un geste, se ravisa. Le sévrien en profita : « Après deux semaines d'arrêt de travail, j'aimerais reprendre mon poste sachant qu'en avril je serai absent − un reliquat de congés payés de l'année précédente ; c'est dans deux mois seulement. A quinze heures aujourd'hui j'irai en échanger avec mon directeur chez Cosmo Tech, et négocier. »

Jusque-là silencieux, son père se tourna enfin vers lui, formula une réponse attendue, citant le stoïcien Epictète :
"Il ne dépend pas de toi d'être riche, mais
il dépend de toi d'être heureux".

Après avoir embrassé ses parents, il se dirigea vers l'ascenseur avant de sauter dans son véhicule à la marque aux anneaux, et fila en direction du sud.

Le trafic sur la route nationale 118 était moyennement dense, la vingtaine de kilomètres fut parcourue en moins d'une heure. Au volant, il méditait sur les paroles de Gilles, ce père inclassable qui généralement délivrait de sages conseils. Sans conteste, il s'y reconnaissait. Sa démarche vis-à-vis de son employeur n'était pas un choix d'argent, bien au contraire. Même s'il avait préféré aujourd'hui éviter de partager ses motivations avec ses parents, ne cherchant pas à soulever d'inutiles débats, celles-ci ne laissaient planer aucun doute. Les enjeux stratégiques actuels de l'institut de recherche dont son directeur souhaitait l'entretenir n'étaient pas compatibles avec un cumul d'absence significatif. Autrement dit, s'il suivait les directives du docteur Labiche, la prolongation de l'arrêt de travail de quatre semaines ne lui permettrait pas de s'absenter courant avril pour solder ses congés payés ; d'où la proposition de l'employeur, qui consistait à faire monnayer ce reliquat de congés.

Sur le plateau de Saclay, il suivit la départementale sur quelques kilomètres puis bifurqua sur Châteaufort. Les contrôles de sécurité passés, il stationna à l'entrée Est et emprunta les couloirs vers la direction du bureau d'études qui surplombait le parc. Derrière la baie vitrée, alors qu'il observait l'horizon, une Porsche 911 grise fit son apparition sur le parking, deux étages en contrebas.

Il était pile quinze heures. Dans sa version Targa 4S, le modèle de la marque de Stuttgart scintillait sous le soleil hivernal. Sans doute charmé par la belle voix de basse, Gauthier Brissemont ne descendit pas immédiatement de sa monture. La porte entrouverte, Val le soupçonnait fortement d'écouter le son du flat-six comme d'autres écouteraient Mozart ; un son étudié avec minutie, faisant la démonstration de toute l'étendue de sa tessiture, de la basse au soprane en passant par le ténor. Enfin, il mit pied à terre et se dirigea d'un pas assuré vers l'entrée du centre de Recherche et Technologie de Cosmo.

Vêtu d'un costume sur-mesure gris clair à liseré bleu, le directeur du bureau d'études semblait ravi de retrouver son collaborateur. Il eut un large sourire de satisfaction lorsqu'il l'aperçut au loin, patientant devant sa porte. Il le salua avec empressement :
« Heureux de te revoir, tu as l'air en pleine forme !
- Merci ! Pour ainsi dire en pleine forme...
- Quelle mésaventure ! Inimaginable ! Quand j'ai téléphoné à l'hôpital on m'a dit que les visites en réanimation sont réservées aux proches, et sous conditions.
- Oui. C'est une expérience assez violente.
- Figure-toi que tout cela m'a inquiété, du coup j'ai vérifié la validité des vaccins de chaque membre de ma famille. »

Ils prirent place autour de la table ronde dans l'angle de la pièce, Brissemont y posa un épais dossier, tapota dessus du bout des doigts. Quelque peu hésitant, il prit le temps d'une courte réflexion, et inspira profondément.
« J'espère que les quatre semaines de repos à venir vont t'apporter une récupération optimale, car l'actualité est particulièrement chargée. »

Le jeune ingénieur se rapprocha, se pencha légèrement vers lui. Il reprit :
« Les enjeux sont devenus cruciaux. Le développement des concepts d'hybridation relatifs à la propulsion étaient une priorité chez Cosmo Tech. Avec la pression politique c'est désormais LA priorité du moment. Tu le sais, le Groupe est précurseur dans le domaine de l'hélicoptère "plus électrique". Notre direction générale a fixé le cap, il faut mettre les bouchées doubles sur la question, c'est la raison pour laquelle j'ai suggéré de faire payer le solde de tes congés payés afin que tu sois présent en avril.
- J'ignorais les enjeux politiques ; concernant la proposition par contre, j'avais cru comprendre.
- Qu'en penses-tu ?
- J'ai une contre-proposition à te faire, qui pourrait convenir aux deux parties.
- De quoi s'agit-il ? » questionna-t-il, surpris.
« On ne peut nier le contrecoup consécutif à l'infection et à l'anesthésie. Malgré tout je ne suis pas épuisé au point d'accepter un mois de repos forcé. Mon idée est donc de renoncer à la prolongation d'arrêt de travail et de conserver les deux semaines de congés en avril. En définitive, je serai présent à Saclay deux semaines de plus, à condition que tu l'acceptes...
- Es-tu certain de ce que tu souhaites ?
- Oui. Je préfère conserver les vacances qui ont été planifiées ; les événements récents m'ont amené à m'interroger sur des priorités personnelles. »
Brissemont hocha lentement la tête. « Cette initiative ne peut venir que de toi. C'est ok pour moi, tu reviens lundi, tu pars deux semaines en avril. Sur le plan strictement

professionnel je dois avouer que cette alternative est meilleure. Ton expertise dans la motorisation hybride en qualité d'ingénieur de recherche est précieuse, de plus tu connais les dossiers. En si peu de temps, le virage technologique que nous devons prendre chez Cosmo Tech n'est pas simple.
- Les travaux menés sur la propulsion aéronautique sont chronophages : les objectifs, les délais ?
- Nous devons proposer des systèmes propulsifs innovants et fiables d'ici la fin de l'année, afin d'optimiser au maximum – à titre d'exemple – la puissance disponible à bord des hélicoptères.
- A ce jour les avancées sont significatives, on ne part pas d'une feuille blanche, l'offre actuelle est fantastique pour les hélicoptères. Il reste que les concepts doivent évidemment évoluer, c'est tout l'intérêt de la recherche... »

Sans plus attendre, Val sortit de sa poche l'avis d'arrêt de travail signé par le docteur Labiche, le déplia puis d'un geste appliqué le déchira en quatre.

Une sonnerie retentit. Fronçant les sourcils, Brissemont se retourna, fixa son combiné. Inquiet, il décrocha. C'était l'accueil. « Merde, il est en avance !
- Qui ?
- Le ministre délégué chargé des Transports ! Une demi-heure d'avance... il est du genre impatient ! Tu m'accompagnes ? »

D'un bond, le directeur se leva et se hâta vers la sortie. « On se voit lundi matin à neuf heures pour un briefing sur les dossiers en cours, ça te va ? » ajouta-t-il tandis qu'ils descendaient précipitamment les escaliers.

A l'entrée du bâtiment principal, la visite du représentant de l'état avait provoqué une effervescence inhabituelle. Un petit groupe d'experts entourait le ministre, qui ne se lassait pas d'admirer le spectaculaire turboréacteur de huit tonnes trônant dans le hall. Brissemont fit un vague signe de la main en direction de son prestigieux visiteur, se porta à sa rencontre pour l'accueillir avec tous les honneurs dus à son rang. En le regardant à distance s'incliner et adopter la gestuelle ouverte requise, Val eut le très net sentiment d'être à sa place et son patron à la sienne. Le service des ressources humaines n'aurait pas manqué de noter qu'il était « bien dans son poste. » Contournant le volumineux moteur du Boeing triple 7, il longea le bâtiment puis disparut en quelques instants.

Si la première partie du trajet de retour ne posa aucune difficulté particulière, la seconde en revanche se révéla pénible. Dans le sens province – Paris, la circulation au ralenti exaspérait les automobilistes, les ralentissements se succédaient sans motif apparent. A bord de l'Audi A3, la technologie embarquée se voulait rassurante, Sèvres serait facilement ralliée en mode électrique, l'autonomie restante étant suffisante pour ne pas devoir solliciter la motorisation thermique. Il repensa alors à Brissemont, le fringant dirigeant et son discours prenant sur les vertus de l'hybridation de la propulsion aéronautique. Il pouffa en le revoyant arriver avec sa ronflante Porsche 911 au surpuissant moteur thermique ; et s'interrogea quant aux réelles convictions de son patron. La situation pourrait devenir cocasse s'il devait se présenter à un entretien important au volant de son bolide pour vanter les mérites de la motorisation hybride. Si un jour je veux le titiller, il suffirait probablement de lui demander s'il est favorable à la disparition immédiate des véhicules thermiques... Aussitôt il chassa de son esprit la funeste pensée. Big Brother n'est heureusement pas encore opérationnel, songea-t-il, à présent à l'arrêt au milieu des trois voies à hauteur de Vélizy. Peu importe ses croyances intimes, mon directeur reste un personnage assez agréable, le job est de continuer à développer cette technologie de pointe – l'hybridation – et basta, compléta-t-il.

La question du solde des congés payés prévus en avril ne manquait pas de piquant. Le jeune ingénieur venait de réaliser qu'après avoir négocié pour les conserver, il n'avait pas de projet, ni même d'envie. Si la situation restait en l'état, ça fleurait bon l'ennui et de désolantes vacances. Mais il ne regrettait pas son choix. Montrer un dévouement sans limites pour son entreprise n'était pas la seule option envisageable. La prise de conscience de l'effrayante éventualité de tout perdre sur un coup du sort, en un claquement de doigts, rebattait les cartes. Il constata qu'il n'avait pas encore réalisé ses rêves les plus intimes, jusqu'à présent il était ''entré dans le moule''. Le conformisme, si confortable, l'avait poussé à suivre le modèle judéo-chrétien classique. Sybille, à sa plus grande joie, avait vu son fils se marier avec la fille de ses amis, décrocher un emploi valorisant, envisager de fonder une famille et – pourquoi pas – acquérir par la suite une maison en banlieue et un chien. Aujourd'hui divorcé et sortant d'un séjour hospitalier pour le moins inattendu, peut-être était-ce le moment pour lui d'oser, de franchir le pas, en somme de reconsidérer sa vie.

En dépit d'un emploi qui le passionnait, un schéma de vie normalisée, préalablement tracée, pouvait aussi ne pas lui correspondre.

Enfin, Sèvres fut en vue, avec un plaisir non dissimulé Val déposa son fidèle destrier au parking privé avant de regagner ses pénates. Un oolong s'imposait, il choisit un thé bleu Tung Ting suprême, récolté sur la montagne du même nom au centre de l'île de Formose.

2

Le mois d'avril approchait à grand pas. Les congés payés aussi. Aucun projet précis n'était échafaudé, les réflexions des semaines passées n'avaient pas nourri son envie de partir en escapade pour une quinzaine inoubliable. Cela n'augurait rien de bon. La perspective d'entendre chaque jour la sonnerie de son smartphone retentir ne l'enthousiasmait que modérément. En repos à la même période – heureuse coïncidence du calendrier des vacances scolaires pour le corps enseignant, Sybille n'allait pas gâcher l'opportunité d'imposer un déjeuner quotidien à son fils. Potentiellement, la fonction "Ne pas déranger" allait devenir une des préférées de Val. Ses parents étaient certes adorables, mais l'assurance de voir sa mère essuyer les babines d'Hermès avec une serviette de table revêtait un caractère pesant.

En arrivant à Sèvres après une journée plutôt ordinaire au bureau d'études, l'insouciant célibataire fut tenté par une promenade au parc de Brimborion dans le dernier rai de lumière. Il ne se lassait pas d'emprunter les allées qui serpentaient à travers la végétation déjà foisonnante.

Vers dix-huit heures, alors qu'il venait de quitter le site classé et s'apprêtait à traverser à pied le centre-ville, la devanture d'une agence de voyage attira son attention. « Ça vous ferait du bien de voir la mer. » Une accroche globalement percutante. Les affiches publicitaires grand format ne détonnaient pas, l'intensité des couleurs et un soleil radieux étaient omniprésents dans les destinations proposées : – Evadez-vous à Majorque...
 – Cap sur Madère...
 – Découvrez les Cyclades...
Les vacances débutent la semaine prochaine ; pourquoi pas un voyage ? se demanda-t-il soudain. Derrière son bureau, une hôtesse lui sourit, possiblement amusée par l'indécis trentenaire. Il se décida à pousser la porte. Les possibilités paraissaient quasiment illimitées, c'en était presque inquiétant, un pan de mur complet était orné de publicités. Se sentant observé, il prit un air détaché. Il consultait sottement la liste des destinations, les lisait une à une à voix haute lorsque la jolie brune l'interpella aimablement : « Puis-je vous aider, Monsieur ?

- Merci, dans un premier temps je vais regarder » répondit-il, en réalisant sur-le-champ sa stupidité. Se priver de l'aide d'une professionnelle du tourisme lui garantissait des moments de contemplation aussi infinis que futiles, et n'allaient en définitive que jeter le trouble dans son esprit. Il se ressaisit. « En fait, si, volontiers...

- Avez-vous une idée précise de la destination ?
- Non, justement, aucune.
- Ce n'est pas un souci. Quelles sont les dates ?
- Bientôt. La semaine prochaine exactement. »

Imperturbable, la spécialiste se contenta d'opiner de la tête. A en croire son expression, Val supposa être à cet instant rangé dans la catégorie des clients lambda, ceux incapables de s'organiser ou d'anticiper, y compris pour les très convoités congés payés.
Elle poursuivit : « Chaud ou froid ?
- A peine sorti de l'hiver, je dirais chaud.
- Etes-vous tenté par un circuit touristique ou bien votre objectif est-il le farniente au soleil ?
- Je ne sais pas. L'idée est de changer d'air. »
Des critères, bien sûr. Il lui fallait au minimum indiquer quelques critères. Hormis les températures clémentes, ce qui excluait d'emblée le pôle Nord, c'était franchement la panne sèche. Elle compatit. Faute de mieux, il se retourna d'une manière mécanique pour lui désigner du doigt une des affiches murales.
« Madère, je ne connais pas, je suis assez tenté...
- C'est malheureusement complet. Les réservations de dernière minute n'offrent pas un large choix.
- Prenons la question à l'envers, que reste-t-il ?
- Les Cyclades et Rhodes, par exemple...
- Ah non, pas la Grèce ! » s'exclama-t-il.
Un couple de paisibles retraités installé au bureau voisin tressauta. Intriguée, l'hôtesse s'enquit :
« Pourquoi pas la Grèce ? C'est très joli, figurez-vous, surtout à cette date...
- Ce serait un peu long à expliquer » abrégea-t-il avec un mouvement approximatif de la main.
Elle fit mine de comprendre, se retint même d'éclater de rire ; il esquissa une moue de dépit tout en se découvrant un pouvoir insoupçonné sur la gent féminine.

Les Cyclades, Rhodes... ne manquait que la Crète pour un magnifique panorama des environs de la Grèce. Lui qui souhaitait par-dessus tout prendre du recul sur un univers familier, à titre temporaire, il se dit que la chance n'était pas forcément de son côté. Partir pour un archipel grec serait un comble, après y avoir séjourné la plus grande partie des vacances en famille durant sa jeunesse.

« Je vous sens ailleurs, vous voulez réfléchir ?
- Non, dites-moi, à part la Grèce ?
- Il y a la Tunisie ; un voyage charmant et un hôtel cinq étoiles situé à Monastir, une ville côtière du Sahel avec une formule "all inclusive"...
- Dois-je comprendre que le thé est à volonté ? »

Eva pouffa. Son badge s'était décroché, elle le réajusta. Une brève hésitation, elle se rapprocha puis chuchota : « Je ne suis pas certaine que la formule n'attire que les buveurs de thé. C'est un pays musulman, toutefois ils savent recevoir les touristes n'en doutez pas. »

Saisissant aussitôt le quiproquo, il fronça les sourcils. « Je posais la question car je bois principalement du thé, un peu d'alcool à l'occasion. »

Elle acquiesça. « Et pour finir c'est un immense centre de thalasso ; imaginez le cadre, la mer, le soleil...
- Stop ! » interrompit-il avec une énergie folle.

« Qu'en pensez-vous ? » conclut-elle malicieusement.

La place près du hublot était sans doute préférable au retour, lorsque l'A320 blanc et rouge de la compagnie Tunisair allait virer sur l'aile au-dessus de l'océan. Là, il virait sur l'aile en survolant Villeneuve-le-Roi. L'effet était difficilement comparable. Dans les jardins, les habitants semblaient courber l'échine au moment du passage du biréacteur, si proche des toits qu'il était presque possible de les saluer. Malgré un trafic aérien dense, le passage à Paris-Orly 4 fut une formalité rapidement expédiée, il se dit que la chance se trouvait à nouveau embarquée avec lui. Son turbulent compagnon de voyage posait un tas de questions qu'il tentait d'éluder, avant que celui-ci ne revienne inévitablement à la charge. Intarissable, il ne reculait devant rien, à deux reprises il interpella une hôtesse afin de visiter le cockpit, ignorant les règles de sécurité en vigueur depuis des décennies. Pour lui, les vacances en mode all inclusive avaient indéniablement débuté. Pour Val, il en allait autrement, les premiers doutes commençaient à s'immiscer dans son esprit : un séjour à l'étranger en solitaire, une fausse bonne idée ?

Aux approches de l'aéroport Habib Bourguiba, le hublot redevint attractif. On distinguait les contours de Monastir implantée sur une presqu'île à la végétation dominée par les steppes, les brousses tigrées et les fourrés. Un long ruban d'asphalte précédait la ville sur cette fine langue de terre. Ne cherchant pas à dissimuler sa satisfaction, l'hôtesse annonça aux voyageurs une température au sol de vingt-deux degrés, soit douze de plus qu'à Paris quittée deux heures trente plus tôt ; un écart appréciable, accueilli par des acclamations vives et unanimes.

Exposée à des vents dominants et tourbillonnants, la piste n'offrait pas les conditions idéales pour le travail des pilotes et le confort des passagers. Dans un silence de plomb, l'avion se mit à pencher alternativement à gauche puis à droite lors de la descente. Le mouvement de balancier s'accentua au point de faire disparaître et réapparaître l'horizon. Son voisin direct, d'entrée de jeu si bavard, avait perdu de sa superbe, dans sa main gauche il agrippait un petit sac blanc en papier. Un mouvement latéral sec de l'Airbus vint à bout de sa résistance, il se précipita en avant. Tel un albatros juvénile à l'occasion de son premier vol, l'avion finit par atterrir, se dandinant d'une roue à l'autre sur une centaine de mètres. Tandis que l'infortuné voisin s'essuyait péniblement la bouche, le biréacteur s'immobilisa, déclenchant dans la cabine une salve d'applaudissements ; certains exultaient. Le jeune sévrien ne se souvint pas avoir assisté à de telles démonstrations de reconnaissance auparavant. Une très gentille attention, certes, se dit-il en lui-même, le pilote ne réussit-il donc pas sa manœuvre à tous les coups ?

La douceur des températures et les avenues bordées de palmiers sous un ciel bleu azur permettaient de projeter immédiatement l'image type de la station balnéaire. Val rêvassait en fixant à travers la vitre du minibus la ligne droite sans fin quand il entendit rire deux filles blondes assises derrière lui. Allemandes, ou plutôt hollandaises ; en réalité peu importe, songea-t-il. Pour un hôtel de ce gabarit, le véhicule de douze places à moitié vide était assez saugrenu. De fait, la saison estivale n'avait pas encore démarré, seul le calme semblait assuré.

Une tête ronde de chihuahua apparut aux alentours de midi. Le minuscule moteur électrique faisant tourner une petite masse décentrée venait de déclencher la fonction vibreur de son smartphone. A l'écran comme à la ville, Hermès adoptait une posture princière. Sybille laissa un message par WhatsApp auquel il répondit sans délai afin de prévenir des probables relances :
« Bien arrivé – Stop – Hermès rassuré – Stop – Avion ok, pas abîmé en mer – Stop – Soleil impeccable – Val. » Aucune réponse ne lui parvint. Hermès avait-il pris la mouche ? Quoi qu'il en soit, la prise de recul s'imposait. Dès l'entrée de l'hôtel thalasso cinq étoiles, se dégageait une impression de luxe. Le marbre, les immenses baies vitrées en imposaient. Un employé vint à la rencontre du petit groupe, lui souhaita avec courtoisie la bienvenue, forma en outre des vœux ardents de bonheur pour la durée du séjour. Portant avec aisance un plateau rempli de verres, un second surgit de nulle part, servit un cocktail à chacun des arrivants. Jusqu'alors en retrait, un couple de sexagénaires s'avança. D'un œil suspicieux la femme scruta le contenu coloré avant d'en humer les arômes. « Eh ! Y a pas d'alcool là-dedans ! » s'écria-t-elle. Val cligna doucement des yeux, pressentant que la suite ne détonnerait pas.

A l'évidence les chambres n'étaient pas prêtes. L'attente commençait à exaspérer les uns et les autres, un début de rébellion couvait. Des explications sommaires furent fournies sur le fonctionnement de l'établissement, sans feuillet explicatif ni plan permettant de s'orienter dans les immenses ailes. Les horaires du restaurant demeurèrent un mystère, les membres du personnel livraient chacun une réponse différente. Le célibataire attendait, placide, notant par ailleurs la belle courtoisie des réceptionnistes. Les redoutables retraités tournaient en rond. L'homme voulut probablement tempérer les ardeurs de sa femme : « Mimie, ça va s'arranger d'une minute à l'autre. » Il était treize heures, elle ne put se contenir : « Georges, on n'est pas là pour se faire emmerder ! » Des mots qui allaient constituer une de ses phrases cultes.

L'après-midi fut consacré à la découverte des lieux. A différents endroits, les nouveaux venus se croisaient en échangeant de timides et idiots gestes de salutation. Le parc situé au centre accueillait un ensemble de piscines aux tailles et aux formes géométriques variées. Ouverte sur la Méditerranée, la chambre de Val offrait un confort réel. Une curieuse sensation l'envahit pourtant, le séjour sentait bon l'ennui le plus profond. Il se ressaisit, prit la direction du bar. Georges et Mimie, affalés sur les canapés, avaient retrouvé leur calme, plongeant tour à tour la main dans un grand bol de cacahuètes grillées.

Ils levèrent les bras à l'unisson en l'apercevant ; il en resta interdit. Décidément, les liens se créent à une vitesse dans les stations balnéaires, constata-t-il. Il les rejoignit avant de s'effondrer dans un fauteuil revêtu de cuir doré. « C'est crevant les voyages, hein ? » ricana Mimie de sa voix aigüe. Georges acquiesça d'un signe de tête. Elle reprit. « Alors, tu fais quoi au juste dans la vie ? Dis, on peut se tutoyer ? Georges était cuisinier à HEC et moi secrétaire dans le transport routier. On est à la retraite tous les deux, et on en profite ! » hurla-t-elle en replongeant sa petite main dodue dans le fond du bol de cacahuètes.

Lorsque les deux blondes du minibus approchèrent du bar, Georges jeta à l'ingénieur distrait un regard complice doublé d'un clin d'œil amusé. Un trentenaire solitaire en vacances, au physique vaguement avantageux, allait forcément s'occuper activement du sujet, imaginait sans doute le retraité ; eh bien non, pas forcément, pépère... rectifia-t-il mentalement. Les consommations liquidées, Mimie se leva. Elle oscillait tel un culbuto. Georges se redressa à son tour. Les deux amoureux s'éloignèrent après l'avoir invité à se joindre à eux pour le dîner : « On s'est renseignés, l'ami ; le restaurant ouvre à dix-neuf heures quinze pétantes ; si tu veux, on se retrouve là-bas. Qu'est-ce qu'on va se mettre ! » Un couple adorable, mais le voyage tunisien ne pouvait pas se résumer à Georges et Mimie, estima-t-il tout en s'interrogeant sans raison sur son prénom. Micheline ? Mireille ? Michèle ?

Il se tourna finalement en direction des deux filles en se demandant comment les aborder. Ce n'était pas si simple. Il ne se voyait pas se lever comme un idiot et leur dire « Bonjour, vous êtes ici en vacances, je présume ? »

L'éventuelle tentative de contact devait être remise à plus tard, le lendemain peut-être, aux abords de la piscine. Que faire d'autre dans cet hôtel aussi luxueux qu'isolé, ne proposant aucune activité, mis à part le bar en mode all inclusive ?

A la table voisine, un allemand éclusait sans relâche, la couperose naissante. Val grommela : « Ah... lui, je saurais l'aborder, j'évoquerais les propriétés du masque de concombre d'une personne qui m'est proche. »

Il était environ vingt heures trente quand Georges rendit son verdict. Avec une moue de dédain, Mimie décocha un regard explicite à son mari. « Eh bien, ça ne casse pas trois pattes à un canard, ce buffet. » Du revers de la main, il repoussa la dernière pince de crabe de l'assiette. Seul le bol de mayonnaise avait trouvé grâce à leurs yeux, Mimie le terminait à l'aide d'un morceau de pain.

Arrivé volontairement une bonne trentaine de minutes après l'ouverture du restaurant, il s'était donné une petite chance d'être oublié des retraités. Comme prévu, ils s'étaient précipités à dix-neuf heures quinze précises, selon eux « afin d'avoir une bonne table et du choix dans le buffet. » Ne le voyant pas, ils l'avaient attendu tout en jetant régulièrement des coups d'œil inquiets sur les plats entamés ; délicate attention, reconnut-il. La fin du repas approchait, Georges voulut justifier la sentence.

« Nous sommes venus plusieurs fois en Tunisie, ça nous plait ; la bouffe, les gens, la météo. L'année dernière c'était Sousse, au nord de Monastir ; eh bien figure toi qu'on nous avait servi – des langoustes grillées – sans supplément » précisa-t-il en relevant l'index. A coup sûr, la profusion de crudités et de légumes cuits avait pesé lourd dans l'appréciation générale. Assaisonnés ou non, les mets multicolores ne recueillaient pas les suffrages positifs des deux compères. Mimie se pencha vers Val. « J'ai peur que ce soit pareil tous les jours... Georges était cuisinier, il sait... ça ne se fait pas dans un cinq étoiles » dit-elle en désignant le buffet d'un air dégoûté.

Il haussa légèrement les épaules. Elle renchérit : « Tu le sais, nous, on n'est pas là pour se faire emmerder. »

Depuis le balcon de sa chambre, il regardait la mer et les tons de couleurs évoluer selon les heures. La palette exposée était sensationnelle, la difficulté à décrire les nombreuses nuances tout autant. Arrivé la veille, il avait fait le constat d'un spectacle sans cesse renouvelé, les teintes variaient du bleu foncé au bleu clair ; parfois le vert s'invitait. Derrière les changements de ce procédé naturel, plusieurs facteurs intervenaient et expliquaient le phénomène. L'eau de mer absorbait une partie du rayonnement coloré qui composait la lumière blanche. Sa couleur dépendait quant à elle de la présence ou non de la houle, du courant, sans oublier la nature du fond.

Le début de cette nouvelle journée offrait un panorama singulier. Divisée précédemment en deux bandes plus ou moins égales de bleu turquoise et d'indigo, la mer se parait à présent de multiples nuances de bleu foncé allant jusqu'à l'outremer. Le calme avait fait place à des vaguelettes formant de petites lignes d'écume, sous un soleil éclatant. S'il ne doutait pas que cette vue puisse inspirer un sentiment de paix, voire de sérénité, Val ne put s'empêcher de noter avec ironie qu'il était en train de tuer le temps en contemplant la méditerranée. En fin de compte, l'inévitable question serait soulevée au retour : « C'était comment ? » Que répondre à cela ? Rien.

A la réception, l'un des deux jeunes employés venait de prononcer la formule magique : à discrétion. Une si jolie formule, globalement mal choisie, songea-t-il alors qu'il pénétrait dans le restaurant et frôlait un touriste tenant une assiette de brochettes savamment entrecroisées, lesquelles formaient une sorte de petit édifice. La priorité du moment consistait à coup sûr, pour certains, à bâfrer sans retenue. Par bonheur, Georges et Mimie tournaient le dos à l'entrée, attablés avec un autre couple. Il y vit une aubaine, étouffa instantanément ses remords après s'être assis dans l'angle opposé. Les experts avaient vu juste, la nourriture proposée était aussi abondante que répétitive. L'opportunité de se trouver un peu à l'écart le préservait des mouvements d'humeur, le maudit buffet devait fatalement attirer les foudres des deux retraités.

Puis ce fut le drame. Un serveur traversa avec élégance la salle, un plateau de fruits de mer à la main, surmonté de deux superbes langoustes. Tel le chien de chasse à l'arrêt devant sa proie, Georges se figea subitement ; il poussa du coude Mimie et désigna les crustacés qui s'échappaient en direction du restaurant gastronomique. La rupture avec le complexe hôtelier paraissait proche, les conséquences inéluctables en ce début d'après-midi.

Prenant un air détaché, Val se leva. La piscine l'attendait. Les énormes investissements consacrés à cet espace aquatique justifiaient de s'y attarder quelques heures. Le cliché des vacances de rêve passées à lézarder au soleil sous les palmiers ne se vérifie pas forcément dans la réalité, remarqua-t-il – l'ennui peut vite vous rattraper. Autour de l'immense bassin principal étaient alignés des transats beiges assortis aux parasols. Une fois allongé, l'horizon se résumait aux palmiers et au ciel bleu azur. A sa gauche, il entendit un jeune couple se plaindre d'une invasion de mouches qui les prenaient pour cible lorsque les deux hollandaises s'approchèrent de lui et s'installèrent à sa droite. Surpris, il leur rendit un sourire caressant. Leur accent dissipait les doutes antérieurs. A leur tour elles se débarrassèrent de leurs vêtements.

Il se souvint de sa résolution de la veille, plutôt d'un vague projet, tenter d'établir le contact. La barrière de la langue ne facilitait pas l'approche ; d'un autre côté on dit que les français ont la capacité de jouer de leur charme, pourquoi ne pas le vérifier séance tenante, conclut-il. La première étape franchie – visuelle – déboucherait sur une autre – la communication orale – à condition d'être capable de se lancer dans un délai raisonnable. A n'en pas douter survenait le syndrome de la page blanche, il se sentait en panne d'inspiration. Brissemont certifiait que ce phénomène n'existe que dans notre imaginaire, d'après lui l'inspiration ne peut se volatiliser. C'en était désespérant, son cerveau était-il en mode pause ou bien carrément débranché ? Les deux blondes vingtenaires continuaient à lui jeter par intermittence des coups d'œil d'encouragement. Le trentenaire se décida enfin.

A l'instant où il se redressa, s'apprêtant à rejoindre les charmantes voisines, un braillement se fit entendre. Un pressentiment confus l'envahit. Entre les palmiers, deux créatures en maillot de bain, des serviettes de plage à la taille et chaussées de pantoufles jetables antidérapantes, se dirigeaient droit vers lui. Avec brio, Georges et Mimie allaient tout gâcher. Vaincu, il se rassit.

« Il faut qu'on parle ! » lança d'emblée Georges. Aussitôt installé en face de lui, la mine grave, il poursuivit : « C'est nul ici, complètement nul. Nous avons tenté une excursion pour visiter la ville, ils ont tout fait pour nous

en dissuader. Impossible d'y couper, nous devons réserver un guide... Et patati ! Et patata ! Nous avons essayé quand même, il y a sept kilomètres par les transports en commun. A l'entrée de Monastir, ils ont confirmé que sans guide on allait se perdre, ne rien voir etc... et hop, demi-tour !
- Ah... en effet... » commenta sèchement Val en se retenant in extremis d'ajouter : « C'est aussi, grâce à vous, une belle journée de merde pour moi. »

Mimie prit alors le relai : « On ne va pas rester ici ; avec mon homme, on a négocié un transfert à Sousse sans payer de supplément. L'hôtel est moins luxueux mais on y sera beaucoup mieux...
- Et je connais le cuisinier... ça va pas mal changer la donne au niveau du menu ; on sera gâtés. Toi, que comptes-tu faire, rester ou venir avec nous ?
- C'est-à-dire, Georges ?
- Eh bien oui mon grand, on a négocié aussi pour toi, si tu veux venir à Sousse c'est d'accord !
- C'est très gentil à vous. Je vais réfléchir. Quand pensez-vous partir ?
- Demain matin ! »

Quelques instants plus tard, le curieux duo de retraités accédait à la plage attenante à la piscine et s'étendait sur le sable chaud. En réfléchissant à la proposition, il fut soulagé à l'idée de prendre un peu de champ avec les encombrants touristes, tout en s'interrogeant sur la semaine à venir. A sa droite, les hollandaises avaient quitté les transats pour s'ébattre dans l'eau. Il s'allongea de nouveau, se mit à scruter les consignes de sécurité affichées ici et là tels les dix commandements. Vers le milieu du panneau apparaissait une indication explicite, « Plongée interdite », tandis que la suivante invitait les baigneurs à « S'assurer de la profondeur de la piscine avant de plonger ». De façon irrationnelle se produisit le déclic décisif. Que risquait-il au juste à accepter l'offre de transfert ? Fallait-il écarter l'opportunité inespérée de bouger, de découvrir davantage la Tunisie ? La simple perspective de se trouver une semaine complète dans cet hôtel dont la principale occupation était de faire des allers-retours entre le bar et la piscine lui parut tout à coup insupportable. Au bout du compte, il allait partir avec Georges et Mimie ; en priorité déguerpir, changer d'air. Refermer sa valise ne demanderait pas un effort inouï, il décida de prolonger la séance de farniente. Peu à peu, il s'engourdit sous les doux rayons du soleil.

Le lendemain, aux premières lueurs de l'aube le bus 316 filait sur la route pittoresque longeant la côte. Le trajet de trente-cinq minutes fut parcouru en si peu de temps que les passagers, incrédules, ne se précipitèrent pas pour descendre. Installés à l'avant, casquettes vissées sur la tête, ses nouveaux alliés ne boudaient pas leur plaisir. A deux reprises Mimie s'était retournée au cours du voyage, lui avait adressé un clin d'œil complice.

Georges n'avait pas menti : l'hôtel s'apparentait assez à un centre de vacances. Dans le hall d'entrée une baie vitrée laissait entrevoir la piscine extérieure, des gamins en nombre sautaient dans l'eau en réalisant des figures plus ou moins acrobatiques. D'un geste non équivoque, les adultes alentour qui à l'évidence ne partageaient pas leur enthousiasme, tentaient de se protéger un peu des

éclaboussures. Une certaine agitation générale régnait.
La nette rupture de style se percevait dès la réception. En l'espace d'une demi-heure, Val eut le sentiment de débuter d'autres vacances, ce qui en soi était plutôt une excellente nouvelle. Le réceptionniste aussi détonnait avec ceux de l'établissement monastirien. Recruté selon toute apparence pour la saison estivale, avec une allure évoquant vaguement celle du belge François Damiens dans ses caméras cachées, il aurait pu figurer parmi les attractions touristiques locales. Accoudés au comptoir, Georges et Mimie examinaient avec attention l'étonnant spécimen aller et venir, égarant tour à tour les fiches et les clés des chambres. Après avoir enfin remis la main sur le récapitulatif des services proposés par l'hôtel, Ian procéda à l'enregistrement des arrivants. A grand renfort de mouvements circulaires ridicules, dans la provocation permanente, il entreprit de dépeindre les spécificités des lieux. Face à un public crispé, confiant dans sa capacité à offrir un spectacle de qualité, il faisait pour ainsi dire durer le suspense. A l'aile gauche ou bien à l'aile droite ? Las, l'ingénieur tendit la main, émit simplement : « Ian, c'était parfait, donnez-moi la chambre qui vous plaira. »
Sans grande surprise, le cuisinier dont Georges vantait les mérites n'était plus présent sur le site de Sousse. Son successeur affichait des velléités en matière de gestion ; autrement dit, adieu les langoustes, synthétisa Val en ébauchant un sourire taquin. Mimie et son cuisinier de mari à la retraite accusèrent le coup. Cependant, le trio disposait désormais d'un atout de taille : établi au cœur de la cité, l'hôtel facilitait les escapades en tous genres, à commencer par la visite de la médina dont le caractère

traditionnel était minutieusement préservé, au point de mériter le classement en 1988 au patrimoine mondial de l'UNESCO. Ouverte sur le golfe d'Hammamet, cette ville portuaire renfermait des musées et quelques bâtiments historiques remarquables. Le charme des sorties offrait un net contraste avec le chahut permanent qui dominait autour de la piscine, progressivement désertée par tous les seniors las d'être aspergés d'eau.

Un matin, aux environs de dix heures, une jeune femme blonde aperçue la veille à la réception se dirigea vers les transats. En l'absence de l'intenable cohorte de gamins à cette heure de la journée, des adultes cohabitaient en toute quiétude aux abords des bassins, dans une fenêtre de tir étroite. Pour le sévrien, elle l'était encore davantage, se trouvant souvent escorté par deux retraités experts en sabotage. Cette fois, il se décida illico, mit le cap sur la cour intérieure afin d'engager la conversation avec cette jolie fille solitaire sensiblement plus jeune que lui.
« Oui en effet, quel itinéraire original… une réservation pour huit jours à Monastir et se retrouver ici à Sousse au bout de deux jours » s'amusa-t-elle.
« Je n'ai pas perdu au change. Les trois jours passés ici m'ont permis de visiter des musées, la vieille ville ; en restant dans l'hôtel cinq étoiles, j'allais errer sottement entre le bar et la piscine, et rien d'autre…
- Tu conserveras sûrement de meilleurs souvenirs de ton séjour en Tunisie. Nous ne nous sommes pas présentés, moi c'est Angélique.
- Val. Enchanté Angélique, c'est un joli prénom.
- Merci ! Il est d'origine grecque. »

Il eut un léger tressaillement. Surprise par la réaction, son interlocutrice ouvrit des yeux grands comme des hublots. Il enchaîna, quelque peu intrigué : « Voyager seul est une première pour moi, c'est une expérience déroutante. Toi aussi, tu es partie seule ?
- Je devais venir avec une amie. La veille du départ un empêchement l'a bloquée à Paris, je me suis retrouvée seule à l'aéroport...
- Pas de chance pour vous deux. »
Légèrement en retrait, un couple de touristes assistait à la scène. Georges croisa le regard de Val, le pouce levé en guise de félicitation, semant brièvement la confusion dans son esprit. Angélique se retourna avec vivacité. « Tu ne viens pas de me dire que tu voyageais seul ? »

Pendant un bref instant, il crut que les deux importuns allaient s'inviter à la discussion. D'un coup de coude à son mari, Mimie mit fin à l'embarras ; ils firent demi-tour. Le séjour d'Angélique arrivait à son terme, il apprit que son avion décollait le soir même. Sans hésiter la jeune femme de vingt-cinq ans lui glissa ses coordonnées en vue d'une rencontre prochaine dans les rues de Paris.

En fin de journée, alors que le célibataire acceptait un second cocktail servi au bar, ses deux amis reparurent. Ils approchèrent d'un pas décidé, pareils à des fauves affichant leur soif de revanche sur les frustrations récentes, principalement d'ordre alimentaire. « On vient prendre un verre avec toi ! » annonça Georges d'un air solennel.

« Il reste exactement trois jours avant notre retour. Tu as bien dit que l'on prenait le même avion ? » Il acquiesça. Mimie fixait son mari avec des yeux de merlan frit. Il reprit : « Le restaurant, désolé c'est loupé. Par contre j'ai

réussi à négocier trois places, l'objectif est de découvrir certains sites renommés ; c'est prévu dimanche.
- Il s'est débrouillé comme un chef ! Il m'a offert une séance de soins. C'est mon anniversaire. Il en a profité pour s'éclipser et tout organiser ! Encore une surprise... je ne sais pas de quoi il s'agit ! » intervint Mimie de sa voix criarde.

Une nouvelle négociation pour des activités gratuites le dernier jour. Décidément, les deux retraités ne cessaient de le surprendre. S'il avait d'abord souhaité les éviter en raison de leur comportement parfois gênant, il devait reconnaître que Georges était un homme de ressources. « Pourrais-tu lever le mystère sur cette histoire, à moins qu'il ne faille attendre dimanche ?
- Demandez le programme ! Il y aura trois haltes : le village de Sidi Bou Saïd, le site de Carthage et enfin le musée du Bardo à Tunis.
- Bravo Georges ! » complimenta le trentenaire.

Etrangement, les désagréments se succédèrent la nuit suivante. Aux chambres voisines, les occupants se montrèrent impitoyables avant que des hurlements ne les relaient ; des cris déchirants dans l'obscurité, et le bruit de chocs répétés qui ne cessèrent qu'au lever du jour. Dans les longs couloirs menant aux escaliers, Val releva avec étonnement des traces de sang ici et là. Au matin, en s'approchant de la réception, un sexagénaire exaspéré le croisa. Il comprit qu'il n'était pas le seul à avoir profité du concerto nocturne. « Des chats, oui des putains de chats en rut ! » vociféra-t-il en s'éloignant.

Derrière le comptoir, Ian arborait un sourire carnassier

tandis que le touriste furieux quittait le hall. Puis il leva alternativement les mains, paumes tournées vers le ciel, enchaînant les pitreries aux dépens de son entourage. Chaque contact à la réception de l'hôtel représentait une opportunité, inlassablement il chambrait la clientèle. Job d'été ou simple distraction ? – la question méritait d'être posée. Ciblant surtout les arrivants, il ne se lassait pas de secouer les clés à hauteur de visage, les écartait brusquement dès qu'ils tendaient le bras pour les saisir.

Il aperçut Val, lui fit un signe de tête, se pencha ensuite vers lui.

« Pas mal, je dois dire ...
- C'est-à-dire ?
- Je suis admiratif, c'était top. J'ai tout vu à travers la baie vitrée...
- C'est une devinette ?
- Allons... la fille d'hier, le numéro de téléphone à la fin, bien joué ! Un joli petit lot, plusieurs se sont cassé les dents avant vous ; avec un telle paire de lolos, elle est impeccablement équipée pour regarder l'avenir avec optimisme, comme dirait l'autre » précisa-t-il avec un clin d'œil appuyé.

« Vous faites des pauses de temps à autre, ou c'est en permanence dans le même style ?
- Non, moi c'est always full options !
- Formidable. Et cette histoire de chats ? On ne les voit jamais, mais on les entend la nuit.
- Des chats ? Peut-être, peut-être pas. Serait-ce une chatterie ici ? Quoi que... en voyant la belle chatte d'hier qui rôdait autour de la piscine... »

Dimanche matin. A huit heures trente précises, le bus s'ébranla et s'engagea sur l'A1 en direction de Tunis. Le golfe d'Hammamet côtoyait la route sur la majeure partie des quelque cent cinquante kilomètres. A bord, régnait un calme inhabituel. Les yeux rivés sur les pylônes qui se dressaient à perte de vue, les passagers admiraient les cigognes affairées au rafistolage de leurs nids. Sur des dizaines de kilomètres, étonnamment le spectacle demeurait inchangé. Hormis les habitués, personne ne pouvait imaginer que ces échassiers souvent migrateurs soient présents en si grand nombre, à cette date, à l'Est de la Tunisie. Le célibataire apprit qu'il existait plusieurs espèces de cet oiseau élégant, celle qui nidifiait dans la région étant l'une des plus connues, la cigogne blanche.

Aux approches d'Hammamet, Georges désigna du doigt d'étranges chargements qui surgissaient de tous côtés. La traction animale ne vivait pas ses derniers instants, du moins en ce qui concernait le transport routier de marchandises de tous types. Pour la première fois, Val ne ressentit pas cette solitude qui l'avait accompagné au cours de la semaine, sans doute le paysage qui défilait devant lui en était la cause. Au fur et à mesure que le bus se rapprochait de la capitale, la circulation devint plus dense. Puis le site archéologique de Carthage fut en vue. Seules quelques colonnes se détachaient au loin, telle une dernière bravade inutile face aux outrages du temps ; un lieu chargé d'histoire, situé sur une colline dominant le golfe de Tunis et la plaine environnante. Le commerce maritime permit à l'état punique de compter parmi les plus prospères de l'antiquité. Sa richesse était assurée, le volume des importations en métaux précieux s'avéra considérable.

Telle une récompense offerte aux voyageurs au long cours en provenance du monde entier, le célèbre village de Sidi Bou Saïd fut rallié en moins de cinq minutes. A quelques encablures du siège de l'empire carthaginois, niché sur un promontoire surplombant la méditerranée, il renvoyait la lumière d'une façon unique. Parsemés sur les hauteurs, les cafés en plein air, les petits restaurants et les galeries d'art apportaient ce supplément d'âme, s'ajoutant au charme indiscutable des maisons bleues et blanches séparées par d'étroites rues pavées. La météo favorable participait grandement à l'agrément.
« Cette lumière incroyable, ces couleurs intenses, cette propreté irréprochable, et partout, ces bougainvilliers en fleurs... c'est somptueux » murmura-t-il. Georges qui le précédait, crut bon de préciser, en termes poétiques : « Oh oui, putain... Que c'est beau ! » Mimie confirma, mais voulait avant toutes choses manger des beignets.

Sans crier gare, une horde de touristes allemands fit son apparition au détour d'une ruelle, bouscula avec le plus grand naturel les deux retraités et se précipita vers les dernières tables disponibles au café de Sidi Chaabane, rebaptisé Café des Délices. Défait, le trio se dirigea vers un établissement voisin, après que Mimie a exprimé à sa façon son mécontentement à l'égard des indélicats ; une nouvelle opportunité de profiter des saveurs et des arômes du thé local, en lézardant face à la ligne d'horizon et le bleu azur de la méditerranée. Le silence retrouvé ne fut troublé que par les bruits de mastication de Mimie qui s'apprêtait à dévorer un troisième bambalouni. Val eut une pensée fugace pour Brissemont, son directeur qu'il allait retrouver d'ici peu à Saclay, soi-disant atteint de misophonie. Quel toupet, je n'y crois guère, à son trouble psychique, songea-t-il ; je miserais volontiers sur une énième tactique visant à parvenir à ses fins, ou une simple lubie ; en somme je m'en fiche, inutile de se fatiguer les méninges. Une voix grave et posée interrompit sa rêverie : « Hé oh jeune homme, il faut y aller, le bus va bientôt partir... » Visiblement amusé, Georges le regardait reprendre ses esprits. A ses côtés, Mimie patientait, debout.

Dans la banlieue du Bardo, le musée national du même nom qui était abrité dans un ancien palais renfermait la deuxième collection de mosaïques romaines du monde, juste derrière Le Caire. Le trentenaire fut d'entrée de jeu frappé par le cadre aussi prestigieux que magnifique. D'après ce qu'il pouvait en juger, le contenu recélait de véritables trésors, même si la richesse des collections demeurait pour lui un sujet obscur, réservé aux initiés.

Sur la route menant à l'aéroport, inévitablement Georges et Mimie prirent l'initiative, insistèrent pour le traditionnel échange de coordonnées. Il se plia machinalement à la stupide pratique, conscient que dans la majorité des cas les amis récents perdent le contact. Une émission télévisée avait ainsi émis l'hypothèse « d'un quotidien qui nous rattrape si vite et va nous bouffer à coup sûr. »

Finalement, le séjour tunisien lui permit de tirer quelques enseignements : si au quotidien, la vie de couple est souvent pénible, en vacances, le célibat l'est davantage encore. Un sentiment fort de solitude semblait l'écraser.

En se retournant dans la cabine de l'avion, Val aperçut une dernière fois Georges et Mimie qui agitaient les mains dans sa direction, avec le vague pressentiment qu'ils ne se reverraient pas. D'un certain point de vue, les rencontrer fut un coup de veine, il ne l'ignorait pas. Parfois encombrante, leur présence donna un peu de sel à l'excursion nord-africaine, qui ne vira pas totalement à la morosité.

Une ferme résolution émergea toutefois : ne surtout pas renouveler l'expérience du voyage en solo. La formule ne lui correspondait pas.

Pour sa part, son philosophe de père aurait certainement conclu sur un ton plus ou moins désinvolte. Sur cette question, il adoptait par ailleurs une position tranchée : « Tout périple se révèle bénéfique, on n'en revient pas ignare ; vive l'empirisme – la meilleure voie à suivre. »

3

Il approchait du domicile parental. L'Audi A3 glissait en silence sur la rue Saint-Charles lorsqu'il aperçut sa mère se confondre en excuses. Hermès venait d'uriner sur le bas de pantalon du voisin qui promenait son dogue allemand de soixante-dix kilos. En abaissant la vitre pour composer le code de la porte du garage, il perçut assez distinctement la réplique de la victime. « Votre mâle est un dominant je suppose » dit-il en prenant un air détaché pour faire bonne figure. Pour sa part, Hermès n'hésitait pas à afficher sa satisfaction pour avoir bravé les règles de bonne conduite. Quelque peu dérouté face à l'audace du lilliputien, le congénère au gabarit imposant encaissa sans broncher et s'assit au beau milieu du trottoir.

Comme souvent, la porte de l'appartement était ouverte. Il y pénétra, l'inspecta à la va-vite, à la recherche de son père. En cette fin d'après-midi il le trouva dans son bureau, dans le plus simple appareil, occupé à lire avec attention le volume cinq – ''Le Gai Savoir'' – des œuvres philosophiques complètes de Friedrich Nietzsche.

« Oh… désolé papa, je ne voulais pas te déranger…
- Salut mon grand, heureux de te revoir ; entre, ça ne me dérange nullement d'être nu devant toi, dans le fond, ce n'est qu'un petit bout de peau… je me place ainsi dans les meilleures conditions pour travailler, débarrassé de tout carcan.
- Tu lisais Nietzsche ?
- C'est exact ; afin d'engager avec mes élèves une réflexion à l'occasion d'un prochain cours. Et toi, parle-moi du Sahel tunisien, es-tu satisfait de ton escapade ? »

Il connaissait la méfiance de son paternel pour les excès d'enthousiasme. D'après lui, ils correspondaient à des manifestations excessives du plaisir et ne dissimulaient qu'un certain déséquilibre mental. De ce fait, il opta pour une réponse prudente, évitant de prêter le flanc à une quelconque remarque :

« J'ai délaissé le confort d'un hôtel cinq étoiles au profit d'un autre qui offrait globalement le niveau d'équipement d'une cellule de moine mais favorisait la découverte de la région ; un choix apparemment judicieux. »

Le philosophe fit silence, se contenta d'opiner du chef. Soudain, la porte d'entrée claqua. Hermès se présenta le premier dans le salon, suivi de Sybille. L'incident avec Lucien Bourgeois, le voisin flegmatique, semblait déjà oublié. Sans surprise, la question redoutée revint :

« Val, comment s'est déroulée cette semaine en Tunisie ?
- Tout était parfait, maman » abrégea-t-il.

Il réalisa alors qu'il n'avait aucune photo à lui montrer, tandis que d'autres avaient mitraillé durant tout le séjour, voulant immortaliser chaque instant ; tel ce jeune couple de nigauds chinois qui photographiait les buffets du petit déjeuner au dîner, la piscine, et pourchassait tous les volatiles posés dans le parc. Sa mère insista : « Tu es toujours aussi loquace ; les vacances ne t'ont pas rendu ta langue malheureusement. As-tu profité de la gamme de soins pour chouchouter ta peau, au moins ? Dans ces pays, les produits naturels sont exceptionnels... »

Un allié de circonstance émit un discret gémissement, le sortant de la fâcheuse posture. Sybille se retourna pour rassurer Hermès : « Oui mon garçon, personne ne t'a oublié, je vais m'occuper de toi et te donner à manger. » « Mon garçon ? » releva-t-il mentalement. Serais-je donc son frère ? Au petit trot, le quadrupède se mit en route pour la cuisine. Le pacha prenait ses repas à heure fixe. Sa maîtresse lui servit une pâtée Ami V-Love everyday orange, à la citrouille et à la patate douce.

De retour à son domicile, le célibataire se souvint que son réfrigérateur était désespérément vide. Il stationna son véhicule au garage avant de rejoindre à pied le centre et ses commerces. Sous un ciel brusquement assombri, à présent chargé de nuages menaçants, il pressa le pas.

Il était dix-huit heures trente. C'est elle qui le vit, plongé dans ses pensées ; elle le salua avec chaleur. L'agence de voyage fermée, Eva se dirigeait vers l'arrêt de bus le plus proche. « Etes-vous satisfait de nos prestations ? » s'enquit-elle d'emblée. Après une réflexion aussi brève qu'intense, il répondit idiotement : « Eh bien... oui. » Elle approuva. « Seriez-vous d'accord pour participer à une sorte d'évaluation détaillée, un soir par exemple ? »

A la question « la démarche est-elle fréquente ? », avec aplomb elle confirma que non. A court d'arguments pour se défiler, il émit un murmure d'approbation. Réjouie, elle traversa aussitôt la rue, lui adressant un signe de la main avant de disparaître. « Une évaluation détaillée », marmonna-t-il en pénétrant dans la superette d'à côté. Il allait probablement devoir se prononcer sur des codes de couleurs à l'attention de clients assistés, incapables de porter seuls une appréciation. Il imaginait assez bien la horde de touristes allemands croisés à Sidi Bou Saïd, pris en charge dès le débarquement à l'aéroport par un accompagnateur brandissant des pancartes. Avec des critères de sélection aussi divergents d'une personne à l'autre, la pertinence des codes de couleurs apposés au regard de chaque destination interrogeait. Néanmoins, il y vit un intérêt, peut-être partagé, celui de revoir la pétillante Eva. C'était en soi une raison suffisante.

Tout juste rentré la veille, ce jeudi soir le sévrien songea avec satisfaction au long week-end qui s'annonçait, avant la reprise du travail le lundi suivant.

Sur la route départementale menant à Cosmo Tech, Val faisait le constat du développement incessant du pôle scientifique et technologique du plateau de Saclay ; tels des champignons, les bâtiments sortaient de terre à un rythme étonnant. Tout à coup, un bolide argenté apparut dans le rétroviseur puis le dépassa à haute vitesse. Au volant de sa Porsche 911, Gauthier Brissemont jouait les hommes pressés. Bientôt sa monture ne fut plus qu'un petit point se détachant sur la ligne d'horizon. Un lundi matin musclé se dessinait, et une journée de reprise des dossiers techniques pour le trentenaire revigoré.

Sur le parking de l'institut de recherche, il stationna l'A3 derrière la 911 dont les entrailles cliquetaient. Pour un ingénieur motoriste, il était difficile de rester insensible au charme des petits bruits métalliques émanant de l'échappement en phase de refroidissement, à la suite du phénomène naturel de dilatation de la matière.

Vers dix heures trente, il reçut un appel de l'assistante de direction du bureau d'études. La visioconférence du début de semaine à laquelle Brissemont participait allait prendre fin ; celui-ci souhaitait l'entretenir des dernières informations. Il s'assura du verrouillage des trois écrans sur son poste de travail, se rendit sans délai au deuxième étage. Son patron le rejoignit quelques instants plus tard en pressant le pas, et l'invita à entrer.

« Si tes vacances se sont bien déroulées, c'est parfait. Ici, en revanche, c'est devenu un peu tendu depuis une semaine » informa-t-il en guise d'introduction. Après avoir avalé à la hâte un grand verre d'eau, il poursuivit : « A la suite de sa visite, fin janvier, le ministre ne me lâche pas, son cabinet nous relance tous les mois…

- Que souhaite-t-il au juste, Gauthier ?
- Toujours la même chose : connaître les avancées réalisées dans la recherche relative aux concepts d'hybridation. C'est franchement une obsession. »

Val émit un murmure de compréhension. Brissemont fit observer : « C'est de la politique ; la technologie, il s'en moque royalement, mais il s'est certainement engagé en haut lieu, d'où l'impératif d'annoncer des innovations !

- Tu avais fixé la fin de l'année pour la présentation de systèmes propulsifs innovants et fiables sur la gamme "hélicoptère"...
- Oui... eh bien il estime que l'on peut faire mieux que la fin de l'année, et imagine – je suppose – qu'un simple claquement de doigts suffit.
- Bien sûr, l'idéal étant hier... tout en garantissant à la fois performance et fiabilité » laissa échapper l'ingénieur de recherche.

« N'oublie pas les trois points du cahier des charges. Il y a aussi l'autonomie... insuffisante à ce jour. Ce dernier critère est un véritable casse-tête ; regarde le secteur de l'automobile, y compris dans les marques premium... »

Il ne réagit pas, l'allusion était parfaitement explicite. Le responsable hiérarchique n'avait pas manqué de noter la faible autonomie de l'Audi A3 de son collaborateur en mode électrique. Il enchaîna sur un ton manifestement agacé : « La compétitivité présente et future du Groupe est en jeu, ni plus ni moins ! L'émergence de nouvelles technologies est une nécessité chez Cosmo Tech. Pour tout te dire, j'espère que le ministre ne va pas nous en chier une pendule ! » Le jeune technicien esquissa un sourire, tout en tentant de visualiser la scène et l'effort du représentant de l'état pour réaliser une pareille prouesse. Le chef marqua une longue pause puis reprit : « J'ai un plan ; voilà ce que nous allons faire... »

On frappa à la porte. JFK vint s'asseoir en face de lui. « On va lui donner un os à ronger, à notre gentil ministre. A cette fin, nous allons répartir les responsabilités. Val, compte tenu de ton expertise dans la motorisation, tu vas te concentrer avec ton équipe sur le développement des performances assurées par les turbines, et chercher à optimiser au maximum la puissance disponible. Pour ta part, Jean-Frédérick, tu vas reprendre le dossier qui a déjà bien avancé – la motorisation électrique – incluant la question de la sécurité, et plus particulièrement la mise en autorotation lors de la descente en cas de panne sur les turbines ; ton expertise dans l'électronique est un gage de réussite. Est-ce clair pour vous deux ? »

L'interrogeant du regard, Val attendait une éventuelle réaction. Jean-Frédérick Kapusta acquiesça d'un signe de tête. Contenté, le patron récapitula. « Parfait ! Ainsi, à chaque appel du cabinet ministériel, je serai en mesure de fournir des éléments probants, à commencer par la nouvelle organisation mise en place et effective dès ce jour. Travaillez de concert... vive l'hybride-électrique ! »

Alors qu'il regagnait son bureau en sa présence, il dû se contenir pour garder le silence, partagé entre des sentiments proches de la compassion et de l'irritation. S'il concevait le besoin de sérénité de son directeur sans cesse importuné par des bureaucrates déconnectés des réalités, il considérait qu'il en avait fait un peu trop avec ses propos dithyrambiques sur les multiples avantages de la technologie hybride. En l'occurrence, se dit-il en lui-même, Brissemont n'avait pas eu à forcer son talent pour jouer les politiciens et motiver les deux ingénieurs.

Quadra plutôt discret à la calvitie naissante, son collègue dégageait une allure générale d'une grande banalité. Constamment vêtu d'un blazer bleu marine saupoudré de pellicules, Jean-Frédérick Kapusta n'incarnait pas le profil type du séducteur ; à cela s'ajoutaient quelques défauts de prononciation, surprenants, concentrés sur certains mots, qui ne concouraient pas à donner une première impression très qualitative. Ainsi, le « libellé » d'un texte devenait le « lébillé », et le « business », le « buse-nesse ». Récemment recruté au sein de l'institut de recherche du Groupe Cosmo, il avait malgré tout su convaincre les décideurs. Brillant technicien, nanti d'une solide expertise dans le génie électrique et électronique, il s'avérait très utile au bureau d'études de Cosmo Tech. « Mettons en commun nos compétences ! » s'écria-t-il tandis qu'il s'affalait dans l'un des sièges installés autour du poste de travail de son homologue.

Au fil des semaines, Val découvrit d'étonnantes facettes de ce personnage génial, parfois un peu fou. Un midi, au cours de la pause du déjeuner, il lui apprit certains de ses exploits. Par suite de l'absence de réponse positive à sa réclamation chez EDF, concernant des anomalies relevées sur son compte, il s'était introduit sur le site de l'entreprise afin d'effectuer directement les modifications nécessaires. « Si tu savais à quel point c'est facile... » certifia-t-il, avant d'ajouter : « Quand j'étais étudiant, on avait réussi à accéder à plusieurs sites, EDF, la CAF, et même des sites du gouvernement... c'était juste par défi, je n'en ai jamais profité pour tricher. Gâcher ma vie et me retrouver un jour derrière les barreaux, non merci. »

A son tour, le trentenaire se confia sur un de ses rêves d'enfant devenu réalité : décrocher un emploi en lien direct avec un appareil d'aviation bénéficiant d'une technologie de pointe, l'hélicoptère. La sustentation et la propulsion de l'aéronef semblable à un insecte géant, assurées par une voilure tournante, fascinaient l'ingénieur.

« Gauthier Brissemont m'a dit que tu es passionné par les hélicoptères en particulier... » rapporta JFK.

« Le concept est génial, non ? Je pense que mon intérêt provient notamment de la différence essentielle entre l'avion et le giravion, le seul aéronef capable d'effectuer un vol stationnaire. L'hélicoptère dégage une élégance que l'on ne retrouve pas ailleurs dans l'aéronautique.

- Oui... pourquoi pas... animer une sorte de grosse mouche ou autre chose, peu importe pour moi. Ce qui me motive véritablement : relever des défis et résoudre des problèmes complexes, enfin... c'est le "buse-nesse" !
- Et toi, je ne te demande pas pourquoi on t'appelle JFK ; ce diminutif, tu le subis ou tu l'as choisi ?
- Choisi ! Mieux vaut ne pas subir, non ? »

Un curieux tandem. Un duo de choc, selon le directeur, qui paraissait plus serein. La phrase « on va lui donner un os à ronger » qu'il avait prononcée lors de l'entretien dans son bureau, prenait tout son sens. Si l'efficacité de la nouvelle organisation mise en place pour le dossier "hélicoptère" demeurait hypothétique, il avait obtenu en revanche un répit temporaire. Pour l'heure, le cabinet du ministre semblait satisfait : un flot continu d'informations diverses lui parvenait. Fin stratège, Brissemont abordait autant les questions organisationnelles que celles liées aux résultats proprement dits. Chaque avancée, même minime, faisait l'objet d'une note alimentant un classeur dans l'attente du prochain échange ministériel.

Un autre rituel fut instauré. En quittant leurs réunions hebdomadaires respectives, les deux techniciens se réunissaient et partageaient les progrès relatifs aux travaux menés par leurs équipes.

Une fin d'après-midi, avant de se mettre au volant de son destrier indigo en vue d'honorer un rendez-vous à Sèvres, il fit le constat de sa complémentarité professionnelle avec le singulier JFK. Un homme qui a du talent, fair-play et qui ne se la raconte pas, résuma-t-il mentalement. En démarrant, un rapide coup d'œil à l'ordinateur de bord lui confirma qu'il arriverait à temps pour retrouver Eva. L'agence de voyage fermait dans une heure.

« Je suis très heureuse de vous revoir, merci de ne pas avoir fait faux bond » se réjouit-elle en le voyant pousser la lourde porte vitrée. Il essaya de se figurer en petite balle jaune effectuant un rebond sur le terrain de tennis – le jeu de paume ayant disparu – et qui s'efforce de conserver sagement la bonne trajectoire. C'était le jour des expressions bizarres, un peu plus tôt son binôme lui avait parlé de « pisser dans un violon » ; un exercice pas à la portée de n'importe qui, avait-il conclu en lui-même.

Comme supposé, il se vit proposer un choix de couleurs auxquelles il était censé rattacher des items relatifs à la qualité de la prestation ; du vert au rouge. Une opération sans grand intérêt, rendue fastidieuse par le niveau de détail. Eva lui jeta un regard navré, chercha à justifier le procédé. Les clients avaient besoin de repères simples, les codes de couleurs « leur parlaient mieux. » Lire les commentaires rebutait nombre d'entre eux. Il cocha la moitié de la grille au jugé. « Hé hé... » fit-il en stoppant net sur les questions en rapport avec le sujet culinaire.

Le duo d'experts Georges et Mimie se seraient sans doute montrés intraitables, auraient opté pour un rouge grenat, la note la plus défavorable. Enfin, il tendit à la charmante hôtesse le questionnaire dûment complété et, après une courte hésitation, lui suggéra d'aller prendre un verre au bar voisin.

« C'est donc un bilan mitigé, ce petit séjour sous le soleil tunisien » synthétisa-t-elle, perchée sur un tabouret face au comptoir. D'un geste imprécis, il voulut nuancer l'avis puis rebondit : « On peut aussi voir les choses autrement. En renonçant à ce voyage, j'aurais éprouvé des regrets. Qui sait, mon père a peut-être raison, il considère que l'on s'enrichit de toutes nos expériences...

- Vous voyagez toujours non accompagné ?
- Euh... non ; c'était une première, et puisque nous sommes dans les confidences, je ne pense pas le reproduire. Le concept ''voyage en solo'', ce n'est pas pour moi.
- Vous êtes seul depuis longtemps ? » risqua-t-elle.

Val la dévisagea quelques instants, avec l'impression de passer un entretien de recrutement. Eva ressentit une légère gêne, son visage s'empourpra. Il opta pour une réponse évasive. « Je suis provisoirement en jachère.

- On peut en avoir besoin parfois, faire un break...
- Ah... le fameux break ! » laissa-t-il échapper.

« Qu'est-ce qui vous déplait autant dans ce terme ?

- C'est juste que je ne crois pas au ''concept'' ; ça ne laisserait pas entrevoir une espèce de voie de garage dans la grande majorité des cas ?
- Je préfère entrevoir un espoir plutôt qu'une fin. »

Avant de poursuivre, il but une gorgée de rosemary, prit le temps d'une brève réflexion.

« Prenons un cas précis. Une femme se sépare de son compagnon pour un ''break'' afin de ''prendre du recul''. A votre avis, la probabilité est-elle forte ou faible pour qu'elle revienne et dise ''écoute, j'ai bien réfléchi, je me sens si bien avec toi, tu es un homme formidable'' ?
- Globalement faible » trancha Eva, égayée par le raisonnement du trentenaire.

« Loin des yeux, loin du cœur » conclut-il, perplexe.

Tard dans la soirée, confortablement installé dans l'un des fauteuils marron en cuir fendu de son appartement, il se mit à ruminer l'échange de vues au bar, surtout ses derniers propos.

S'ils se révélaient exacts, il supposa qu'il n'avait que trop tardé à rappeler Angélique, rencontrée à Sousse. La jolie blonde abordée au bord de la piscine sous le regard lubrique du réceptionniste attendait-elle l'appel du nigaud qu'il était ? Le temps écoulé n'allait pas faciliter la démarche. Pire, la joindre après une attente d'un mois ne rendrait pas la discussion aisée. Il réalisa sa réticence à sauter le pas. Il ne s'agissait pourtant pas de franchir le Rubicon ; plus certainement était-ce lié à sa motivation incertaine. « Et puis, personnifier le benêt exclusivement centré sur son domaine d'excellence, la recherche scientifique, très peu pour moi » observa-t-il.

Est-il concevable, dans notre existence, de trouver un certain contentement et de connaître simultanément une période de flottement au cours de laquelle on cherche sa voie ? La réponse est oui. C'était sa conviction.

Le divorce de l'année précédente avait laissé quelques traces, notamment en l'éloignant – pour ne pas dire qu'il les avait perdus – de la majorité de ses amis, du moins ceux considérés alors comme tels. S'ensuivit un brutal écrémage, une sorte de coup de balai insoupçonné.

Il se souvenait vaguement des multiples raisons qui, à elles seules, pouvaient constituer une réelle source de distraction : la croyance dans la mission de sauvetage, pour les uns – tel le profil du Saint-Bernard ; la nécessité de dispenser des conseils, pour les autres – tel le roi Salomon ; sans oublier les meilleurs, le sens du devoir en prenant parti – en ne sachant rien de la situation bien entendu ; ou encore la stratégie de l'évitement par crainte d'une mystérieuse contagion de la discorde conjugale.

Parmi les avis les plus pertinents, il avait mentalement noté quelques perles : « Reprends du poil de la bête au plus vite » ; « Attention à toi, ne te laisse pas rouler dans la farine ». Ouvert, curieux par nature, il avait tenté de visualiser les sages conseils, sans succès. Bien malgré lui, l'information avait fuité chez Cosmo Tech. Un collègue avisé s'était exprimé avec conviction : « Tu as un bon job ici, c'est le principal ; sinon tu serais foutu. Le travail est ce qu'il y a de plus important dans la vie, tu verras. Je m'en suis rendu compte quand ma femme s'est tirée du jour au lendemain avec le prof de tennis. Je me suis retrouvé seul, comme une pauvre merde... »

Rester inébranlable face à des propos aussi judicieux que positifs demandait un minimum de force mentale. Chez de telles personnes, la joie de vivre, et plus encore le bonheur, appartenaient visiblement au passé.

Val grignotait le dernier bachkoutou de la boîte achetée dans une échoppe à Tunis lorsque l'horloge murale en métal noir et beige indiqua minuit. Le téléviseur allumé sur les chaînes d'information en continu, il regardait d'un œil distrait le bandeau délivrer l'actualité en temps réel. Un flash info capta son attention. Le président répandait à nouveau ses largesses, la promesse de milliards était faite en réponse à différents événements. Qu'il ne s'en prive pas surtout, grommela-t-il en montant le son. Qui paiera la note au final ? Une chose, une seule, paraissait certaine : pas le président. En somme, c'était touchant à voir, et un bel exemple de générosité avec le bien d'autrui.

Le calme de la nuit facilitait la méditation. Il se sentit lentement plonger dans une douce béatitude, laissant son esprit vagabonder à sa guise. Auparavant, il s'était resservi une tasse de thé blanc au jasmin. La délicatesse de la fleur, admirable, embaumait le salon. Sybille aurait approuvé ce choix, vanté l'effet positif sur la santé du fiston et les vertus protectrices contre les radicaux libres.

S'il n'avait pas à se plaindre de son sort, il lui manquait quelque chose pour accéder au bonheur. Loin du cliché trop facile, moyennement engageant, se résumant dans la célèbre devise « refaire sa vie », il cultivait d'autres rêves sans le moindre lien avec son métier d'ingénieur. Depuis son enfance, il nourrissait une fascination pour l'univers du spectacle et du déguisement. L'espace d'un instant, il rêvait de ressembler à quelqu'un d'autre, vêtu d'oripeaux. Comment avouer un tel secret sans s'attirer les moqueries, au bas mot les incompréhensions et les commentaires inutiles de l'entourage ? Cela paraissait difficilement conciliable avec un esprit scientifique, dans l'inconscient collectif.

L'attirance pour cet univers enchanteur s'était renforcée à la suite des soirées d'entreprise, les incontournables soirées de fin d'année. Convié à assister aux spectacles présentés dans les cabarets de la capitale, il avait été littéralement ébloui par la beauté des costumes. Derrière la façade de la représentation qui s'offrait à la vue des spectateurs fourmillaient couturiers, tailleurs, bottiers, chapeliers, habilleurs et plumassiers. La composition de l'équipe d'atelier pouvait surprendre, la longue liste des métiers nécessaires à la réalisation de chaque spectacle témoignait de la richesse de la profession.

Art ancestral assez méconnu mais indispensable, l'un d'eux fut une sorte de révélation. Omniprésente dans les projets de création pour l'univers du spectacle, la haute couture et la décoration, aussi ancienne que les sociétés humaines, la plumasserie possédait de véritables atouts de séduction. Quelques menus efforts de documentation avaient entrouvert les portes de ce monde confidentiel. Il avait ainsi découvert l'existence d'ateliers d'initiation à cet art, accessible au quidam qui manifestait un intérêt suffisant et déposait une candidature complète. Au cœur de Paris, le rare savoir-faire était dispensé en priorité à un public ayant un projet de création d'accessoires ; une formation valorisante, toutefois qui ne le concernait pas. Découper, friser, teindre, monter, coller, coudre, parer, les ateliers de conception favorisaient le développement des compétences, requéraient créativité et habileté. En résumé, c'était une histoire de plumes.

Aux environs d'une heure du matin, Val n'avait toujours pas trouvé le sommeil. Complètement avachi dans son fauteuil, il s'abandonna à une rêverie. Rien ne se passait comme prévu.

Angoissé, son patron venait de sauter dans son bolide gris qui démarrait sur les chapeaux de roues, projetant du gravier par poignées dans les vitres alentour. Sur le bord du trottoir, le ministre s'impatientait. Le directeur avait été dépêché pour le conduire à son cours mensuel de plumasserie. Le défaut de ponctualité, dès le premier – l'initiation – posait un sérieux problème, d'où la tension palpable. Une sanction à l'encontre du responsable du bureau d'études restait envisageable.

Si le ministre maîtrisait les techniques de base de la couture main, l'objectif qu'il s'était fixé, coudre un boa, semblait compromis. Brissemont arriva enfin, aperçut au loin le représentant de l'état faire les cent pas, puis effectua un demi-tour au frein à main face à l'entrée du ministère.

Soudain, un petit bruit sec le tira de sa douce torpeur. Le téléviseur s'était mis en veille automatique, au sol il récupéra la télécommande qui avait glissé. Concernant la plumasserie, difficile de statuer sur le niveau d'intérêt du ministre, songea-t-il en se levant, à moitié engourdi. A propos de ce qui se dissimulait sous les plumes, la réponse paraissait en revanche plus évidente : le ministre s'était distingué, lors de sa visite chez Cosmo Tech, par un comportement sans équivoque à l'égard des femmes.

Après avoir affronté une nuit courte, il retrouva son équipe au complet sur le plateau de Saclay. Le travail de recherche mené sur le développement de la puissance délivrée par les turbines d'hélicoptères connaissait des avancées significatives ; et se heurtait à des équations complexes à résoudre. Il lui fallait voir JFK rapidement.

La fin de matinée était sans conteste le moment propice à un échange apaisé. Il le trouva dans son bureau, pensif ; son collègue se grattait le cuir chevelu. Il toqua à la porte. « Nous sommes sur une nouvelle piste intéressante qui autorise un gain de puissance de près de dix pour cent » annonça-t-il d'emblée en s'asseyant devant lui. Celui-ci ne broncha pas, les yeux rivés sur ses croquis.
« Je te dérange ? Si tu préfères, je repasse plus tard... »
L'autre émit un léger grognement. « Non, non, reste.
- A ce stade, nous coinçons, et ça te concerne.
- Moi aussi je coince figure toi, quelque chose ne va pas dans le ''lébillé'' de cette notice.
- Je ne suis pas porteur de bonnes nouvelles.
- Oooh » fit JFK, en adoptant un ton affecté.
« Oui ; l'augmentation de puissance sur le thermique ne s'accompagne pas d'augmentation de poids, nous avons réussi à le maîtriser ; par contre, de ton côté, avec tes développements sur l'électrique, ce n'est pas le cas, ce qui amène plusieurs contraintes. L'une d'elles est, tu t'en doutes, une consommation trop élevée.
- Je te voyais venir !
- Si le bénéfice du gain de puissance est effacé par le surpoids, quel est l'intérêt au bout du compte ?
- C'est pour Brissemont » coupa-t-il sèchement.

« Ne me dis pas que c'est pour le ministre ! » s'écria Val.

Son homologue hocha de la tête pour approuver, puis précisa : « Eh oui ; notre directeur a besoin de billes une fois de plus afin de calmer tout le monde. Je lui ai rappelé que cette étape n'est pas encore finalisée. Il a répondu : ''Ce n'est pas grave, envoie quand même, le ministre n'y connait rien, c'est très bien comme ça''.
- C'est très bien comme ça ? On verra sa réaction quand il lira les fiches de synthèse... Ce ne sont pas des fers à repasser qu'il faut faire voler !
- Mon équipe et moi continuons à travailler sur la densité des composants électriques, des organes de stockage. C'est l'une de nos priorités.
- Et pour les nouveaux modes de défaillance ?
- Je m'y attelle. Ils nécessitent de développer des protections électrotechniques spécifiques. »

Tandis qu'il réintégrait son espace de travail, le technicien ne put réprimer un soupir de lassitude en repensant aux conflits permanents entre les réalités scientifiques et les intérêts ministériels, autrement dit politiques.

Le vendredi, en début d'après-midi, Gauthier Brissemont parcourait son bureau de long en large, montrant des signes de nervosité. Entre-temps, un carnet de notes à la main, Val avait pris place autour de la table ronde et attendait. Le patron du bureau d'études s'enflamma : « C'était attendu, mais pas aussi vite ; ça va bousculer sérieusement le calendrier !
- Ah ?
- J'ai demandé à JFK de me fournir un état précis de l'avancement du dossier ''électrique''. »

Convoqué la veille par le directeur général, Brissemont apprit que la prochaine génération de moteurs hybrides du Groupe Cosmo n'intéressait pas seulement le ministre délégué chargé des Transports. Il voulut détailler :
« Notre interlocuteur est rattaché à un ministère au titre pompeux – la Transition écologique et la Cohésion des territoires. Ce dernier entretient des liens étroits avec le ministère des Armées, qui souhaite recevoir au plus vite les conclusions sur nos développements actuels. Il y a fort à parier qu'ils voudront ensuite assister aux premiers essais, dès qu'ils seront programmés.
- Oui ; l'armée s'est toujours positionnée à la pointe de la technologie. Les innovations sont utilisées à des fins militaires avant de trouver une application dans le civil, bien souvent...
- C'est excellent pour Cosmo Tech, non ? Le bémol est que nous avons dorénavant deux ministères à gérer, le second ne sera pas le plus facile.
- Quoiqu'il en soit, Gauthier, nous ne sommes pas prêts, nous avons des contraintes fortes à lever, au minimum à atténuer.
- Oh... peu importe, à leurs yeux notre Groupe est synonyme de pole position, ce qui est d'ailleurs le cas. Le marché de la défense est fantastique ! Ne les décevons pas. Il ne s'agit pas d'une option. »

L'annonce euphorique de son patron n'était guère, à proprement parler, une surprise pour le jeune ingénieur. Même s'il ne pouvait ignorer l'appétence du ministère des Armées à garder la mainmise sur tous les progrès technologiques servant ses desseins, cela le troublait.

En secret, le trentenaire rêvait à une utilisation civile des nouvelles générations de systèmes propulsifs, dédiées entre autres à sauver des vies humaines, et non pas à améliorer la capacité de nuisance de nations engagées dans des conflits armés.

La nuit qui suivit fut un long cauchemar. Démuni, il se vit embarqué dans des aventures folles ; de fait, la situation lui échappait totalement. A bord d'un H225M Caracal de l'Armée de l'air, il partait en mission. Cette fois, il ne s'agissait pas d'une mission de sauvetage mais d'une opération militaire terrestre à mener dans un pays du Proche-Orient.

Propulsée par deux gros turbomoteurs, la dernière évolution des hélicoptères "onze tonnes" filait à trois cents kilomètres-heure au-dessus d'une vallée encaissée. Le raid aérien devait être effectué dès les premières lueurs du jour, afin de maximiser les chances de délivrer les otages retenus par un groupe apparenté à Daech. A ses côtés, le commando des forces spéciales comptait une vingtaine d'hommes qui patientaient dans un silence religieux. Derrière son poste de tir, il scrutait les parois abruptes du canyon dans lequel ils allaient s'engager.

L'allure de l'hélicoptère de combat ralentit au moment précis où il amorça sa descente, avant de voler en rase-mottes afin d'éviter la détection radar. Alors qu'ils frôlaient les rochers, il ouvrit une porte latérale pour la mise en place de la mitrailleuse MAG-58 de 7,62 mm à la cadence de tir de mille coups par minute. Le courant d'air généré était à la limite du supportable, le bruit des pales amplifiaient l'indisposition. Enfin, le soleil se leva.

Il réalisa soudain être lui aussi vêtu de la tenue militaire. Comment avait-il pu en arriver là ? Il fallait absolument avouer au lieutenant en charge du commandement de l'opération qu'il ne savait pas tirer, encore moins manier la redoutable mitrailleuse.

Il ne parvint pas à prononcer un mot, la peur le pétrifiait. L'officier annonça l'approche de la zone de combat, demanda à tous de se tenir prêts, puis se tourna vers lui, un hideux rictus au coin des lèvres : « Eh ! C'est toi qui devrais avoir l'honneur d'en dézinguer le plus aujourd'hui, on va les prendre tous par surprise ! »

La situation devenait intenable, à présent les membres du commando le fixaient, le pouce levé dans sa direction en guise d'encouragement. Dépité, il baissa les yeux. Tout à coup, il y eut à sa droite des vibrations de force progressive, précédées de peu d'un bip strident qui le laissa interdit. Le major fit aussitôt volte-face, furibond : « Oh ! C'est quoi cette putain de sonnerie, sergent ? »

Progressant à tâtons, il finit par localiser un objet plus ou moins cylindrique. Après une brève pression sur une sorte de bouton rond, le bruit s'arrêta sur-le-champ.

Val s'éveilla, haletant. Il regarda autour de lui, reprit son souffle, ne voyant ni commando ni hélicoptère ; juste une table de chevet laqué et un simulateur d'aube. Ce fut une délivrance.

4

D'un signe de tête Gilles désigna un sac poubelle de cent litres déposé dans le couloir, puis annonça sans se départir de son calme : « Ta mère vient de franchir une nouvelle étape dans son existence, elle se débarrasse de ses chaussures. Il est fort probable que la totalité de l'étagère n'y survive pas. »

Imperturbable, Sybille emplit le sac, le ferma solidement. « Et voilà, c'est fait ! » avisa-t-elle d'un air triomphant, avant de quitter l'appartement. Hermès lui emboîta le pas. Les mains dans les poches, le père jugea utile de préciser : « Classement vertical. » Val contourna la table du salon et s'affala sur le divan garni de coussins, placé contre le mur opposé. Dans l'angle de la pièce il découvrit une pile de boîtes en carton. Des chaussures neuves. Devinant l'incrédulité du fils, Gilles lui décocha un regard amusé. « Dans le sac poubelle, les modèles en cuir ; désormais, ta mère refuse d'en porter. Et devant toi, les nouvelles paires fabriquées avec des matériaux ''responsables'' : chanvre, liège, caoutchouc, bouteilles recyclées, donc du plastique industriel ; et le ''must'', le cuir d'ananas. »

Sybille tardant à revenir, il ne put résister à l'envie d'ajouter : « Tuer animaux pas gentil. Depuis peu, elle s'est retranchée dans un monde parallèle, la porte est fermée à clé à double tour, la clé jetée au loin ; peut-être faudrait-il lui expliquer que l'on n'abat pas des animaux pour fabriquer des chaussures, mais qu'ils sont déjà morts quand on récupère leur peau pour en fabriquer.
- Je ne m'en mêle pas, débrouillez-vous...
- Du reste, nous sommes en présence d'un sujet d'étude palpitant, et à domicile s'il vous plait. Il est inutile de courir les bars interlopes, c'est une attraction "indoor" comme disent les sportifs.
- Franchement, tu exagères, papa...
- J'ai même songé à Diogène de Sinope ; lui aussi jetait tout ce qui lui paraissait futile. Pourvu que ta mère et moi ne finissions pas notre vie dans un tonneau, vêtus de haillons, munis d'une besace. »

L'ambiance était quelque peu électrique. Les sarcasmes de Gilles n'arrangeaient rien. Sur le fond, il connaissait son père. Sa tolérance était masquée par une irrésistible tentation, celle qui consistait à asticoter son entourage.

Le dimanche midi, il était de coutume de déjeuner tard dans la famille Lessart-Filon. A quatorze heures, l'heure du déjeuner approchait. Tandis que Sybille s'activait en cuisine, Val la rejoignit, ouvrit un placard, celui assigné au fringant Hermès. Enthousiasmée par le sujet, elle fit part de sa fierté à son fils pour avoir déniché des menus innovants. En provenance du Royaume-Uni, la nouvelle gamme de repas offrait un choix princier et permettait à Hermès de goûter à une alimentation végane hors pair.

Les boîtes de conserves colorées, au marketing abouti, étaient alignées sur l'étagère telle une escouade. A elle seule, la lecture ouvrait la porte à des voyages lointains : porridge frais aux myrtilles et à la noix de coco, avec des graines de chia et de l'avoine ; dahl parfumé à la papaye et aux lentilles ; casserole de quinoa et de potiron avec ajout de protéines de chanvre biologique et du moringa. Partagé entre l'indéniable intérêt suscité par le placard et l'indignation de voir un intrus lorgner sur ses réserves, Hermès pointa le bout de son nez en émettant un doux grognement.

Au cours du repas, l'invité en apprit davantage sur le motif des tensions inhabituelles au sein du couple parental, perçues dès son arrivée. Le silence pesant ne pouvait être que le signe annonciateur d'un orage imminent. Il était trop tard pour filer, se dit-il en lui-même. Sybille prit enfin la parole :

« Es-tu au courant des derniers exploits de ton père ?
- Des exploits ?
- Oui. Il est convoqué par le conseil de discipline de son établissement... quelle honte ! »

Gilles haussa légèrement les épaules. Elle reprit d'une voix étouffée : « Lundi dernier, il a fait cours en slip.
- Que s'est-il passé ? » questionna Val, en tentant de contenir un fou rire particulièrement malvenu.

« Le sujet de mon cours était – l'habit fait-il le moine dans nos sociétés ? Sûrs d'eux, mes élèves affirmaient que non. Je prétends que si. Une illustration s'imposait. A des fins de démonstration, j'ai ôté mon pantalon et j'ai poursuivi, du moins j'ai voulu poursuivre... » clarifia-t-il.

Désabusée, Sybille se tenait la tête entre les mains. Son

mari ne semblait pas prendre la mesure de la situation. Chez lui, c'était l'objectif pédagogique qui primait ; il était donc satisfait, et à l'évidence serein.
« Le regard que les autres portent sur nous dépend très largement des apparences, souvent trompeuses, quand ce ne sont pas simplement de vagues impressions. Mon cours était identique et pourtant personne n'a écouté, ce fut un chahut généralisé pendant près d'une heure... j'ai donc apporté la preuve que l'assertion – l'habit ne fait pas le moine – est fondamentalement erronée dans nos sociétés occidentales.
- Mais enfin, Gilles, que vas-tu dire au conseil de discipline pour ta défense ?
- J'ai pleinement rempli mon devoir d'enseignant, en m'attachant à faire émerger des exactitudes par la remise en cause de dogmes. Plutôt que d'énoncer des concepts – voire des conclusions réfutables, ils ont été invités à réfléchir ! Où est l'acte répréhensible ? »
Sybille ne répondit pas, le fils en profita pour s'informer.
« De quelle façon l'affaire a-t-elle été ébruitée au point de te convoquer devant la direction de l'établissement ?
- La délation ! J'ai eu vent d'élèves qui ''auraient'' été choqués ; ce ne sont que des petits connards. Dans les campus, ça baise à tout-va, mais pour un cours ils tombent dans la pruderie en voyant un slip. Slip, maillot de bain, quelle est la différence ? »
L'explication hasardeuse du père le désarçonna ; il se sentit tiraillé entre incrédulité et rigolade.
« Heureusement que le cours ne portait pas sur le thème du naturisme dans nos ''sociétés occidentales'', ainsi que

tu le précises... sinon on était dans de beaux draps !
- Le sujet ne s'y prêtait pas. Oui, c'est heureux pour le club des saintes nitouches. »

Sybille l'interpella : « Et si ton insolence te menait à une mise à pied, que répondrais-tu ?
- Je les gratifierais d'une faveur en citant Epictète : *"Supporte les maux et abstiens-toi des biens"*.
- Ah... une fameuse répartie ! Penses-tu qu'ils soient sensibles à la pauvre stratégie de victimisation ?
- Pas du tout ! S'ils le concevaient ainsi, il me faudrait préciser avec une nouvelle citation du philosophe : *"C'est être sage que de n'accuser que soi de ses malheurs"*. Voilà qui pourrait leur donner matière à méditer, tu ne crois pas ? »

A la fin du repas, le thé fut servi, le moment tant redouté arriva. Sybille prenait périodiquement un plaisir indicible à feuilleter les albums photos de la famille ; une épreuve pour Val, la seconde du jour après l'accrochage au sujet des méthodes pédagogiques, nota-t-il mentalement.
« On ne prend jamais le temps qu'il faut pour revoir nos belles photos » déclara-t-elle avec aplomb. « Mon cher fils, je vais te montrer ton cousin Gontran à sa première communion. » Gilles tenta d'esquiver la séance, en vain. « J'ai besoin de tes lumières ; un doute affreux sur des photos vers le milieu de l'album, je ne parviens pas à me souvenir des noms de tous tes oncles » lança-t-elle avec malice à son mari. Disposés sur la longueur de la table, les albums comptaient chacun des centaines de clichés datant principalement des premières années de leur mariage, et d'un remuant bambin. Peu à peu, la corvée

se mua en supplice, Sybille mit un point d'honneur à tout commenter. Rien ne leur fut épargné.

Une paix fragile s'étant installée, à intervalles réguliers il opinait à tous les propos de sa mère, sans réussir toutefois à chasser une pensée désobligeante : merci aux smartphones qui ont mis un terme définitif à cette pratique d'un autre âge. Le jour de leur invention fut sûrement un jour béni des dieux, reléguant tous les maudits albums photos papier au rang de fossiles encombrants. Autre avantage des mobiles multifonctions, et pas des moindres : le plaisir de voir disparaître les questions stupides posées au bas mot dix fois lors d'un visionnage. C'était quand ? C'était où ?

Tout bien considéré, comment résister aux atouts du numérique, dans le cas présent à sa faculté à fournir une preuve irréfutable d'une simple pression de l'index ?

Pour l'heure, il était de bon ton de se montrer patient, de ne pas craquer, d'écouter attentivement jusqu'au terme de la dissertation maternelle. Après avoir énuméré les ascendants, rattaché les événements aux lieux et s'être attardé sur la nécrologie de la famille, satisfaite, Sybille scruta son auditoire avant de s'attarder sur sa postérité :

« Je t'ai vu tout à l'heure... tu étais dans les nuages... tout ceci t'ennuie profondément, je me trompe ?

- On ne peut rien te cacher, maman. »

Il voulut aussitôt tempérer :

« Au moins la moitié d'entre eux sont morts... ou pratiquement inconnus. Dans ces conditions, ce n'est pas très facile de s'y intéresser.

- C'est ta manière de concevoir les choses... »

Posant sur le canidé un regard envieux, Gilles déplora : « Seul Hermès n'a pas assisté à la représentation, et le veinard va s'en tirer sans une égratignure. »

Au milieu du canapé, le pacha somnolait sur le dos ; ce qui rappelait assez la silhouette d'un beau lapin allongé sur l'étal d'un boucher. Le père s'abstint de la remarque. Hermès faisait la sieste à heure fixe. De temps à autre, ses pattes s'agitaient dans l'air, les phalanges écartées.

Val observait ce petit monde qui l'entourait, son père et ses expériences incongrues, prêt à jouer les risque-tout, sa mère et sa tendance à s'absorber et se perdre dans ses souvenirs, en proie à une indéfinissable nostalgie, enfin Hermès, déterminé à préserver coûte que coûte son statut de pacha. Cela ne pouvait que l'inciter à assouvir lui aussi ses envies, sans se soucier de l'opinion d'autrui, de celle de ses parents notamment.

Gilles avait rejoint le salon, sa tablette tactile posée sur les genoux. Il fit un signe discret de la main, Val réalisa qu'il avait encore une fois oublié. Prétextant une corvée de dernière minute, il évoqua subitement des emplettes à faire, et se retira. Quelque peu revancharde, Sybille lui lança, d'un ton moqueur : « C'est très bien, mon cher fils, toutes les excuses sont bonnes pour aller flâner dans les boutiques ; c'est ton côté féminin qui doit s'exprimer ! »

Tandis qu'il se dirigeait à pied vers le centre commercial Beaugrenelle, il se dit que son père lui avait sans doute permis d'éviter l'incident familial. Fin juin, c'était la date de l'anniversaire de sa mère ; le week-end suivant. Animé d'un léger sentiment de culpabilité, il se mit en quête d'une idée cadeau originale : un objet connecté ?

A la FNAC, il fut d'abord séduit par un robot piloté au design abouti, mince et silencieux, mais à la connotation ingrate : un aspirateur. Pourtant, sur le plan purement technique, il était difficile de ne pas être séduit par les fonctionnalités, remarquables. Après une cartographie des pièces de la maison, l'appareil automatisé naviguait intelligemment dans l'espace. Une courte réflexion suffit à écarter cette possibilité, il pressentait devoir éviter le cliché du cadeau féminin, au goût assez discutable. Il opta pour une montre intelligente connectée combinant mode et technologie, munie d'un écran tactile afin de surfer sans effort d'une application à l'autre, et recevoir en temps réel les notifications. Il nota, un sourire ravi sur les lèvres, le bref commentaire de la fiche commerciale : « Modèle idéal en vue du suivi de santé ». En somme, un bel outil pour Sybille, et la possibilité de transcrire le programme nutritionnel de son étalon à quatre pattes.

En passant devant le vaste univers Livres, il constata qu'un attroupement s'était formé à proximité d'une table rectangulaire. Un trentenaire aux longs cheveux noir de jais, attachés en queue de cheval, échangeait avec ses lecteurs et se prêtait à une séance de dédicaces.

Le jeune auteur inspirait la sympathie, Val s'approcha. Un trio de dames enjouées qui barrait l'accès à la table et se distinguait par des gloussements cadencés tardait à s'écarter. Il en profita pour jeter un coup d'œil sur les ouvrages classés de façon thématique sur les étagères alentour. L'un d'entre eux répertoriait des citations sur différents métiers, il s'y attarda ; une autre idée cadeau, éventuellement pour mon père, songea-t-il en feuilletant sans but précis le volumineux écrit. Le mot "philosophe" le stoppa dans son élan. Apparut d'emblée une phrase de Pierre Desproges, humoriste réputé pour son humour corrosif et son second degré : *"Quand un philosophe me répond, je ne comprends plus ma question"*. Voilà qui pourrait être intéressant en effet, confirma-t-il, mon père est le bon candidat, ce serait aussi l'occasion de le titiller, voire d'engager une discussion animée.

Alors qu'il s'apprêtait à reposer l'ouvrage, dans l'angle de l'étagère une petite chose à la course brève surgit et s'immobilisa. Val se figea. Une tégénaire noire se tenait devant lui, à portée de main. Il attendit quelques secondes, tenta d'esquisser un geste, se contenta finalement de siffler entre ses dents, espérant ainsi la voir décamper. Rien n'y fit, l'arachnide aux pattes velues paraissait satisfait de sa position.

Un bras effleura son épaule droite. D'un mouvement sec et précis l'intrus fut chassé ; il regagna la zone d'ombre qui lui servait de repère.

« Une araignée en chasse, ce n'est rien. Il y a beaucoup de moucherons ici, attirés par la lumière, c'est son territoire » annonça le sauveur.

Sur un ton amusé, presque narquois, il ajouta : « Je vous ai vu en difficulté, je me suis permis d'intervenir... »

Il réalisa à cet instant qu'il s'agissait du jeune auteur, qui voulut se présenter : « Romain ; je suis présent aujourd'hui afin de promouvoir mon ouvrage qui s'intitule "Paradoxes... et Réflexions". Pour tout vous dire c'est mon premier.

- Enchanté, moi, c'est Val. Je suis arachnophobe comme vous l'avez deviné ; depuis toujours. Cette peur est paralysante. Merci de votre aide... »

Déterminé à reprendre le contrôle, il inspira de façon lente et profonde, puis s'empressa de questionner son interlocuteur. « Vous organisez fréquemment ce type de rencontre avec vos lecteurs ?
- Pas du tout ! Je ne vis pas ici ; juste de passage dans la capitale. Cet exercice est nouveau pour moi qui suis un petit provincial, en définitive.
- Et ça vous plait ? Ce doit être plutôt agréable...
- A ma grande surprise, oui. Les lecteurs sont en réalité assez indulgents à l'égard des débutants.
- Belle initiative...
- Livré à moi-même, je ne l'aurais pas prise. Cette initiative vient de mon éditeur. Conformément à mes engagements avec lui, quelques séances de dédicaces ont été prévues. »

Les derniers visiteurs s'éloignaient, la séance arrivait à son terme. Après avoir fait à son tour l'acquisition d'un exemplaire de l'ouvrage, Val allait prendre congé quand Romain l'informa spontanément du programme de sa soirée. « Vous connaissez Le Bandana ? Un bistrot chic à l'ambiance vintage. Le gérant est une connaissance, je vais y passer un moment avant de reprendre le train tard ce soir ; ça vous dirait de m'y accompagner ? »

Sur les boulevards, la fin du week-end printanier rimait avec bouchons et agacement des automobilistes. Un flot ininterrompu de véhicules en tous genres se déversait dans les artères saturées de Paname, au milieu d'un concert de klaxons. Il se réjouit de suivre son nouvel ami dans les transports en commun. Regagner Sèvres en auto à cette heure n'était assurément pas la meilleure idée. Devançant une éventuelle remarque, il se tourna vers l'écrivain en herbe et fit une plaisanterie facile : « Tout ce boucan, ce sont des amis qui sont heureux de se retrouver après la cruelle séparation du week-end. »

En chemin, il apprit que le jeune auteur partageait sa vie entre ville et campagne – la première pour l'activité professionnelle, la seconde pour des motivations plus personnelles ; et précisément, la semaine à Troyes, le week-end dans un domaine isolé quelque part entre les départements de l'Aube et de la Côte-d'Or.

Il était environ dix-huit heures trente. Un panneau coloré leur indiqua qu'ils étaient arrivés à destination. L'happy hour avait commencé. Romain semblait ravi de retrouver ce lieu atypique à la décoration soigneusement étudiée, du sol au plafond. Les globes à facettes réfléchissaient une lumière étincelante sur le bar et la cabine DJ qui trônait au centre. Regroupées en îlots, les chaises aux couleurs vives et aux pieds chromés contrastaient avec le revêtement de sol à petits carreaux noirs et beiges. Il se dirigea vers le bar, Val lui emboîta le pas. Une voix retentit derrière eux cependant qu'une main épaisse se posait sur son épaule :

« Romain ! Comment vas-tu ?
- Salut Oliver ! Très bien, et toi ?
- Pas trop mal ; ici, difficile de connaître l'ennui...
- Je te présente Val, que j'ai rencontré à l'occasion d'une séance de dédicaces.
- Enchanté ! Et welcome ! Concernant ton livre, Romain, le succès des premiers mois se confirme ?
- Un succès relatif, même si, d'après les dires de mon éditeur, c'est correct pour un premier livre...

- Parfait ! Puis-je vous servir un cocktail maison ?
- Volontiers ! Quelles sont les tendances ?
- Les cocktails verts, cher monsieur... les herbes fraîches ne sont plus reléguées au rôle de simple décoration, elles sont désormais au cœur de la recette ; laissez-vous guider, je vais choisir... »

Passé de l'autre côté du bar, Oliver se joignit aux deux visiteurs lors de la dégustation. Val but une gorgée, leva le verre à hauteur des yeux afin d'examiner de près la préparation. Celle-ci évoquait vaguement un classique, néanmoins revisité et complété d'une jolie touche verte.

Il questionna son hôte : « Agréable découverte ; à la fois rafraîchissant et complexe. On sent bien le basilic et la tequila, mais quel est cet autre alcool ?
- Je cale aussi... » avoua Romain.
« C'est du Cointreau ; il y en a deux fois moins que la tequila. Un dosage précis ! Inutile de me soudoyer, vous n'en saurez pas davantage ; n'espérez pas obtenir cette recette, les amis... » assura Oliver, agrémentant le tout d'un clin d'œil provocant.

Les succès disco des années 80, caractérisés par un rythme rapide et un tempo donné par une grosse caisse, s'enchaînaient. Attentif, le gérant des lieux se pencha en avant, fit un léger mouvement vertical de la main à l'adresse d'un collaborateur situé à l'autre extrémité du bar. Le niveau sonore s'éleva aussitôt. Les commandes des clients électrisés redoublèrent.

« Quel est le doux nom de cette petite merveille ? » s'enquit Romain, tout en désignant son verre.

« Ah... green twist margarita » répondit platement Oliver, avant d'ajouter :

« Je voudrais solliciter votre aide. Recueillir un avis extérieur, neutre, est souvent bénéfique dans le commerce. Cette affaire fonctionne bien. Le restaurant est généralement complet, le bar tourne à plein régime. Les objectifs sont atteints, voire dépassés, le propriétaire est satisfait...

- Donc tout va bien ! » coupa Romain.

« Détrompe-toi, au-delà des apparences, cette situation n'est pas si confortable. Notre réussite est enviée, et le concept repris : les formules de la carte du restaurant se retrouvent partout avec ''le trio gagnant'' – simplicité des plats, qualité irréprochable des produits, prix serré ; le bar et les happy hours que je pousse jusqu'à vingt et une heures font un carton. Mon patron doutait mais il m'a laissé faire. Les clients consomment davantage, ne voient pas les heures passer et restent souvent dîner. C'est copié aussi par la concurrence ; l'ambiance vintage avec un spectacle tous les soirs du mardi au samedi, c'est la même chose, le concept a été remarqué et copié... d'où ma question : que pourrais-je faire afin de me distinguer durablement des autres établissements ?

- Un spectacle tous les jours... de quoi s'agit-il ? » releva son nouvel ami, fortement intrigué.

« Tu m'as dit que tu vivais à Sèvres, viens t'encanailler un soir, tu verras par toi-même ! Peut-être auras-tu une idée lumineuse à me soumettre...

- Ne te fais pas trop d'illusions, ce n'est pas mon domaine de compétences. Par contre je viendrai assister prochainement à ton spectacle, promis !
- Un œil extérieur, voilà ce dont j'ai besoin. Quand on y travaille au quotidien, on perd en objectivité. »

Qui dit univers du spectacle dit déguisement. L'analogie paraissait évidente aux yeux du sévrien. Son intérêt pour Le Bandana ne pouvait qu'en sortir décuplé.

Après avoir regagné ses pénates, légèrement assoupi devant son téléviseur, il termina la journée par le plus curieux méli-mélo. Dans son esprit cheminaient toutes sortes de pensées confuses : des cadeaux connectés mêlés à des livres dédicacés, des spectacles faisant la part belle aux plumes multicolores, des araignées noires surgissant de tous côtés. Finalement, ces dernières l'emportèrent...

Par un malheureux hasard, il se trouvait seul dans les bureaux de Cosmo Tech. Brissemont et ses équipes avaient déserté le pôle technologique, les lieux étaient plongés dans un silence inhabituel et inquiétant. Derrière une porte, un bruit d'abord à peine perceptible se mua peu à peu en un grattement frénétique. Il finit par délaisser ses graphiques ; une petite moue traînait sur son visage. Il s'avança prudemment, le bruit cessa.

Perplexe, il posa doucement la main sur la poignée puis l'actionna en souplesse. Un rapide regard circulaire lui confirma qu'aucun de ses collègues n'était présent.

La pièce attenante semblait vide de tout occupant. Rassuré, il allait refermer la porte lorsqu'une masse sombre se déplaça sur le mur opposé. Tous les stores étant tirés, dans la pénombre il ne parvenait pas à distinguer cette chose qui approchait lentement.

Comme hypnotisé, il ne put s'empêcher de frissonner. A quelques mètres de lui, une araignée gigantesque jaillit dans le rai de lumière. Il poussa un cri étouffé, faillit tomber en arrière, s'enfuit en direction du couloir de manière à lui fausser compagnie.

L'arachnide géant s'élança à son tour, résolu à ne pas laisser échapper un repas aussi facile. En empruntant les escaliers, il estima avoir fait un mauvais choix, la hauteur des murs favorisait la progression du prédateur. Au rez-de-chaussée, il découvrit l'horreur : des cocons de la taille d'un homme étaient suspendus, parfaitement alignés ; des dizaines de solides cocons renfermant les collègues du bureau d'études. Brissemont devait être là, quelque part, enveloppé dans l'une des coques durcies.

Le monstre le talonnait toujours de près. Une stupide pensée le traversa, qu'il chassa d'emblée : pourquoi ne pas tenter de l'écraser avec sa chaussure. Dotée d'une envergure avoisinant les deux mètres, l'araignée n'allait assurément pas en souffrir gravement. Il visualisa sans peine le geste ridicule.

Soudain, une seconde à la taille sensiblement identique la rejoignit. La fuite éperdue se prolongea jusqu'au hall d'entrée du bâtiment principal, où il comprit enfin l'objectif des courses-poursuites infernales : le nourrissage de la future progéniture des deux arachnides géants. Il fit volte-face, réalisa être à présent cerné de leurs poches à œufs en soie.

Un cri libérateur résonna dans le salon. « Saloperies ! » Au son de sa propre voix, Val sursauta, se redressa dans son fauteuil. Le maudit rêve fut par bonheur interrompu.

La tégénaire noire vue dans les rayonnages de la FNAC avait sans nul doute laissé des traces. A cette heure tardive de la nuit, il décida d'aller prendre un peu de repos avant l'aube.

JFK étouffa de nouveau un bâillement. Le troisième en à peine quinze minutes. Les dernières nouvelles étaient pourtant excellentes ; il ne boudait pas son plaisir. A la suite de l'atteinte des objectifs complexes du cahier des charges, le tournant tant attendu venait d'être pris. Il tenait sa revanche. « Dans le cadre du développement des performances et de la maîtrise de la consommation, oui, cher confrère, l'ennemi c'est le poids ! Ainsi que je te l'avais indiqué au printemps, nous avons travaillé sur la densité des composants électriques et des organes de stockage, entre autres. Dorénavant, c'est concluant.
- Félicitations ; Gauthier va être ravi.
- Oui, enfin, bon, il m'a répondu que nous étions payés pour ça... et plutôt bien, a-t-il précisé. Il est parfois d'une humeur massacrante.
- J'ai remarqué également une petite tension de son côté, depuis plusieurs semaines... » voulut tempérer Val.

Après un énième bâillement qui eut pour seul résultat d'exaspérer encore un peu plus son interlocuteur, le quadra reformula : « Cerise sur le gâteau, le gain de place rendu possible par la compacité des nouvelles pièces ; environ huit pour cent sur la partie moteur ! Ce qui promet de belles perspectives... qu'en dis-tu ? Pas mal, non ?
- C'est même excellent. Je t'avais titillé sur le sujet, avec ton équipe, tu t'es montré à la hauteur... » admit-il en se retenant de justesse de demander : « Qu'est-ce que tu peux bien foutre la nuit pour être dans un état pareil le matin ? »

Devinant vaguement l'agacement de son collègue, JFK avoua son penchant marqué pour les virées nocturnes, révélant de surcroît qu'il s'en donnait à cœur joie et en sortait systématiquement épuisé. Au bout du compte, la confidence ne fit qu'attiser la curiosité du trentenaire, qui émit pour la forme un murmure d'approbation.

Chez Cosmo Tech, le mois de septembre était celui du bilan scientifique de l'année. Il offrait en outre l'occasion de lister les perspectives. L'immuable réunion se tint un lundi matin. Gauthier Brissemont semblait avoir retrouvé sa bonne humeur.

Dans la grande salle dédiée à ce type d'événement, il accueillit les deux équipes d'ingénieurs avec un franc sourire. D'ordinaire serein, le tandem de responsables préféra garder une certaine réserve, vu le caractère imprévisible du directeur du bureau d'études. Montrant brusquement des signes de nervosité, ce dernier se mit à arpenter la pièce de long en large.

« Avant toutes choses, je tiens à vous adresser de vives félicitations concernant les systèmes propulsifs sur la gamme ''hélicoptère''. Les deux objectifs principaux, qui je le rappelle étaient l'innovation et la fiabilité théorique, ont été atteints dans les délais impartis. Bravo à tous ! »

Il sortit une note manuscrite d'un épais dossier, qu'il relut à la hâte. « La coopération entre les équipes demeure l'un des éléments essentiels qui permettent de mener à bien nos projets. J'aimerais illustrer ce point à l'aide de cas réels relevés dans l'aéronautique, chez un confrère. Ce sont des réclamations portées au service entretien, émises par les pilotes de la même compagnie. On peut dire sans trop s'avancer que l'entente n'est pas cordiale.

Voici quelques morceaux choisis ; questions, réponses.
- Problème : moteur numéro 3 manquant.

Solution : moteur trouvé sur l'aile droite après une brève recherche.
- Problème : il y a quelque chose de desserré dans le cockpit.
Solution : il y a quelque chose de resserré dans le cockpit.
- Problème : phare rotatif inférieur à moitié rempli d'eau.
Solution : phare rotatif inférieur rempli.
- Problème : le pneu principal intérieur gauche a quasiment besoin d'être changé.
Solution : le pneu principal intérieur gauche est quasiment changé. »

Gauthier Brissemont savait capter son auditoire. Il se tut, attendit. JFK fut le premier à prendre la parole, avec une naïveté feinte :

« Ce n'est pas forcément malintentionné, peut-être juste de mauvaises habitudes ; si le job est fait...
- La communication entre ces deux services est en permanence sur le même ton, m'a-t-on confirmé ; de fait, les efforts sont concentrés sur les rivalités, pas sur les solutions techniques à apporter. »

Les ingénieurs opinèrent de la tête. Le directeur enfonça le clou : « Tant que nous éviterons les dérives de ce type, nous connaîtrons le succès ; individuel et collectif. Notre président est fier de nous, sachez-le... »

La réunion terminée, à sa demande, Val raccompagna son patron jusqu'à son bureau tandis qu'il continuait de marmonner. Sans prononcer un mot, Brissemont invita son proche collaborateur à prendre place à ses côtés. Il décida de se confier.

« Le ministre délégué chargé des Transports souhaite me remercier à sa façon...
- Tout ceci parait logique.
- Attends la suite, c'est assez spécial... la semaine prochaine, il sera en déplacement et visitera le MIN – marché d'intérêt national – de Rungis ; il a évoqué des questions logistiques auxquelles je n'ai pas compris grand-chose. Figure-toi qu'il m'a proposé de l'accompagner, il s'agit selon lui d'une sorte de ''récompense'', qui inclura la dégustation de produits gastronomiques.
- Ce n'est pas forcément désagréable » répondit son confident, qui ne se projetait pas une seconde dans le fastidieux exercice politique.

« Peut-être... sauf que personne ne m'a demandé mon avis ; j'aurais été comblé s'il avait choisi de me priver de cette ''chance'' ; qu'est-ce que je vais faire là-bas ?
- Manger et boire » synthétisa-t-il.

Brissemont compléta en soupirant :
« De la récupération à des fins politiques, voilà ce que c'est ; sa soi-disant action, qu'il n'hésite pas à relayer, à s'approprier au plus haut sommet de l'état... »

Il se leva promptement, fit un vague signe de la main pour indiquer que le dossier urgent à traiter attendrait le lendemain. Val le salua sobrement en quittant les lieux, mais laissa échapper maladroitement :
« Bon, j'espère que tu vas te régaler quand même. »

Dans les couloirs, il rencontra JFK qui se fit une joie de le persifler. L'entretien avait duré le temps d'un éclair. Il se retint de lui rendre la pareille, opta pour un silence temporaire et rejoignit en bas son équipe d'ingénieurs.

La journée du mercredi n'était pas seulement la journée des enfants, c'était également celle réservée aux tâches administratives. Le directeur du bureau d'études validait, contrôlait, le cas échéant signait électroniquement une kyrielle de documents. Vers neuf heures, il constata que son responsable hiérarchique n'était pas arrivé. A la fenêtre, il remarqua que la place dévolue à son bolide argenté restait inoccupée. Aux alentours de dix heures, le sévrien commençait à s'interroger sérieusement lorsque son homologue fit irruption dans son bureau.
« Je viens de croiser à l'instant le DRH, Brissemont est à l'hôpital ! » cria-t-il comme un damné, en apercevant son collègue. Avant de poursuivre, il reprit son souffle : « Il a eu un accident de la route ce matin, la Porsche est pliée ; un camion... qui ne l'a pas vu. Rien de grave de son côté apparemment, l'auto l'a protégé correctement.
- S'il n'a rien, c'est le principal ; son tas de ferraille, on s'en moque éperdument...
- Ne dis pas ça, lui ne s'en moque pas... elle est bichonnée et lustrée ! » rétorqua JFK.
« Même propre, ça reste un tas de ferraille » insista-t-il sous l'œil goguenard de son visiteur. Inévitablement, les examens médicaux de routine allaient être effectués. Il n'allait pas y couper, songea-t-il, ainsi que plusieurs jours d'arrêt de travail.
Au volant, Gauthier se comportait souvent comme un fou furieux. Ça devait arriver tôt ou tard, conclut-il en essayant de se représenter la 911 fondre sur le routier, incrédule, tel un faucon sur sa proie. Dans la journée, il tenterait de joindre l'heureux rescapé par téléphone ; au cours de l'après-midi, probablement.

Il était environ quinze heures trente. Le téléphone se mit à sonner sur la ligne directe de l'ingénieur. Un numéro connu, débutant par 06. Il décrocha sans attendre. Le patron avait une petite voix.

« Val ? C'est Gauthier. Je suppose que la nouvelle a dû se propager, mes exploits du jour doivent maintenant être connus de tous. Oui je vais bien, je n'ai rien de cassé, si l'on peut dire. Restent néanmoins les contusions multiples, une drôle de sensation, cette impression de flotter dans du coton...
- Un peu de patience, ce sera vite oublié.
- Euh... oui... la voiture est complètement détruite. Quant à mes rendez-vous du début de semaine, ça pose un sérieux problème car je ne serai pas revenu. Les médecins m'imposent une batterie de tests puis huit jours d'arrêt de travail obligatoire après un choc d'une telle intensité...
- Les rendez-vous attendront ; il suffit de reporter, le motif est valable, non ?
- Lundi matin, le ministre sera à Rungis, il m'attend. C'est toi qui va me remplacer, il est important de faire acte de présence.
- Moi ? Qu'est-ce que je vais lui raconter ?
- Absolument rien. Souviens-toi : manger et boire. »

Bouche bée, il écouta son directeur argumenter, lui fournir les précisions utiles sur le rendez-vous rebutant. Lui aussi éprouvait une sensation bizarre, à l'image d'un patient au cerveau embrumé. Comment avait-il pu se trouver ainsi piégé ? Le pire sans doute, l'imminence de la visite ministérielle ne laissait guère de place à une quelconque échappatoire. « Fichu devoir ! » grogna-t-il.

Le déplaisir de se rendre au marché d'intérêt national de Rungis pour y rejoindre un ministre qu'il connaissait à peine fut complété d'un second : arriver aux aurores dans un lieu dont il ne savait rien. Val avait cependant été prévenu, les deux-cent-trente-quatre hectares qui abritaient mille-deux-cents entreprises pouvaient donner le vertige à un profane. Dans le vaste hall d'accueil de la direction générale du marché, le convoi ministériel était regroupé quand il vint saluer le représentant de l'état. « Oui, j'ai été informé du malheureux incident. Soyez le bienvenu, merci de votre présence parmi nous. »

Un peu en retrait, une petite femme à l'allure stricte, probablement son assistante, jetait par intermittence au jeune ingénieur un regard oblique. Autour du ministre, une délégation papillonnait, dans l'attente du départ vers les différents secteurs.

« Par ici. Non, plutôt par là... » Le président du site qui vint à leur rencontre servit de guide au groupe. Dans son sillage, Val s'efforçait de faire bonne figure. Soucieux de joindre l'utile à l'agréable, l'hôte alternait la découverte des recoins du premier marché mondial de produits frais et les questions d'ordre purement logistique. A l'aise en toute situation, le fringant ministre au costume bleu acier paraissait heureux comme un pape.

Alors que le soleil s'élevait au-dessus des bâtiments, un premier bouchon sauta ; ce qui était sans rapport avec la circulation déjà fortement densifiée à cette heure sur l'autoroute A6. Il s'agissait juste de celui d'une bouteille de Chablis vieilles vignes. Finement découpées sur des planches de hêtre, d'alléchantes andouilles de Vire firent leur apparition. Le commerçant mit un point

d'honneur à détailler l'élaboration charcutière :
« A base de chaudin de porc coupé en lanières, le tout est embossé dans une partie du gros intestin ! »

Une tranche entre les doigts, une autre dans la bouche, le ministre exultait pendant que son assistante verdissait.

Val se prêta volontiers à la séance de dégustation improvisée. La vieille bique ne put se contenir plus longtemps, d'une voix aigrelette elle s'insurgea contre la pratique : « Ce n'est pas un peu tôt pour se lancer dans ce genre d'exercice ? » Aussitôt, des regards mauvais convergèrent sur elle.

Trahissant son mépris, le ministre ne dit mot ; il approuvait la réaction des autres collaboratrices.

Le président du marché porta l'estocade :
« Ici, voyez-vous, l'activité varie modérément, c'est pratiquement vingt-quatre heures sur vingt-quatre. A cette heure, nous sommes en milieu de journée. »

La petite troupe attisait la curiosité. Un attroupement se forma bientôt, composé de bipèdes aux motivations les plus diverses : pour les uns, réjouir leurs papilles, pour les autres, interpeller le ministre.

Un mécontent s'invita, déterminé à dénoncer, selon lui, « les réelles priorités de la direction du marché, fixées au détriment de l'essentiel, le développement commercial des entrepreneurs. »

La succession des visites au sein des pavillons rimait avec tentations et excès alimentaires. Insatiable, le loquace représentant de l'état s'éternisait sur les stands. Si je m'attendais à ça, se dit Val en lui-même ; lui qui imaginait une visite éclair, menée au pas de course, avec un haut fonctionnaire coincé détestant quitter le confort

de son ministère pour arpenter les allées d'un marché...
Finalement, le ministre put se résoudre à lever le camp, passablement éméché. Soulagé, l'ingénieur regagna le bureau d'études de Cosmo Tech. Il était onze heures trente. JFK l'accueillit à sa manière, avec un clin d'œil complice.

En fin de semaine, Gauthier Brissemont reparut. Affable, il n'avait rien perdu de sa superbe. On le laissa toutefois trouver ses marques, comme s'il s'agissait d'une jeune recrue.

Ce quinqua à l'esprit curieux avait une idée qui trottait dans la tête : savoir comment le sévrien avait vécu son passage à Rungis. Il le rejoignit vers quatorze heures dans l'open space, s'assit en face de lui.
« C'était bien, cette petite virée du début de semaine ?
- Tout était balisé, quadrillé.
- Pas étonnant, on évite autant que possible de faire un faux pas quand on reçoit un ministre ; tu l'as vu satisfait ?
- L'exercice a manifestement eu chez lui quelques vertus revigorantes...
- C'est-à-dire ?
- Il n'a pas craché dans la soupe ; il était disposé à goûter à tout ce qu'on lui a présenté, il fait plaisir à voir. Un bon vivant, cet homme-là.
- Et toi, qu'as-tu fait ?
- J'ai suivi le mouvement. Ce que j'ai fait : rien. Ce que j'ai dit : rien non plus. Je suis resté dans mon rôle, écouter, accepter les dégustations.
- Son cabinet m'a appelé hier. Tu as été parfait, le ministre était élogieux à ton égard... »

Val crut bon de ne pas en rajouter. Sinon, il aurait pu préciser qu'il en sortait enrichi d'une expérience inédite : les ministres ne sont pas uniquement beurrés au Salon International de l'Agriculture ; eh bien non, ils peuvent aussi l'être au marché international de Rungis...

Sitôt que Brissemont eut tourné les talons, il fit le constat d'une vérité toute simple. En présence de personnalités politiques, parler peu est bénéfique, se taire est l'idéal. La sage stratégie le rattachait à des propos récents de son directeur, dont la satisfaction du devoir accompli, suffisante en soi, compensait la sienne, nettement plus mesurée. « Chacun son métier ! » assurait-il avec force.

*

Chose promise, chose due. A plus forte raison quand le respect de la parole donnée et le plaisir de s'y soumettre vont de pair.

Un soir de la semaine suivante, Le Bandana l'attendait. Val avait pris soin de contacter au préalable Oliver afin de s'assurer de sa présence. Cette perspective l'excitait davantage que de suivre le cortège ministériel à Rungis.

Perché sur un tabouret face au bar, il sirotait un porn star martini en s'attardant sur les éléments de décoration du bistrot branché. « Ca commence fort ! » commenta-t-il lors du choix de l'épatant cocktail, laissé à la discrétion du gérant. Exotique et fruité, le mélange subtil composé de vodka aromatisée à la vanille et aux fruits de la passion, entre autres, était accompagné d'un verre de prosecco frais.

« De nouveau une jolie découverte » concéda-t-il.

Peu avant vingt-deux heures, Oliver consulta sa montre. L'heure du spectacle avait sonné. D'un bond, danseuses et danseurs apparurent sur les podiums situés au centre de l'établissement. Dans une synchronisation parfaite, le volume sonore augmenta de façon significative, captant instantanément l'attention des clients. Les trois nymphes en particulier n'éprouvaient aucune difficulté à catalyser l'enthousiasme de la gent masculine. Associées à leurs homologues masculins, pareillement vêtus de pantalons ultra-moulants aux reflets métalliques, elles multipliaient les postures lascives. Sous les jeux de lumière disco, leurs mouvements caressants embrasaient l'assistance.

Littéralement scotché à l'un des podiums, un singulier quinquagénaire qui rappelait vaguement le sémillant docteur Labiche, écarquillait les yeux ; hypnotisé par le show, il affichait un sourire lubrique.

Concentré, Val scrutait un à un les artistes, la qualité de la prestation prévalait sur toute autre considération. En parallèle, il constatait à quel point Oliver avait raison : le pic de commandes au bar coïncidait systématiquement avec l'ouverture du spectacle, et culminait à l'instant où le public perdait quelque peu ses repères, soit environ une heure plus tard. Il fallait s'y résoudre, l'assertion ne souffrait aucune contestation possible.

Chaque soir, la fête battait son plein. Ayant perçu son intérêt immédiat pour l'organisation, Oliver s'approcha de lui.

« Quelle est ta première impression ?
- C'est efficace. Le concept est très étudié, on se sent bien ici ; les clients ne s'y trompent pas... je suis frappé par ta clientèle, plutôt hétéroclite...

- J'ai remarqué ton souci du détail. A ton avis, que pourrait-on prévoir pour se démarquer davantage de la concurrence ? As-tu des suggestions ?
- Puisque l'une de tes forces est de savoir concilier bar-restaurant branché et spectacle de qualité... pourquoi ne pas pousser encore un peu plus loin le concept ?
- Tu penses à quoi ?
- Là, rien de précis. C'est juste une idée.
- A creuser ! Ma conviction : dans le commerce, quel que soit le secteur d'activités, quel que soit le format, stagner, c'est régresser ; au final, à plus ou moins long terme, ça veut dire disparaître. »

Vers une heure quinze, le noctambule se sentit peu à peu gagné par un léger engourdissement. Une fatigue générale s'installait ; il décida de plier bagage avant la fermeture. Au-delà de la connivence naissante avec Oliver, la soirée se révélait riche d'enseignement, se résumant à ces mots : l'éveil du désir.

5

Un mardi de la toute fin novembre, une succession de circonstances provoqua d'étranges quiproquos. Depuis quelques semaines, une collègue féminine rattachée à l'équipe de JFK échangeait avec Val sur les dossiers techniques au cours de la pause-déjeuner. Une entente cordiale avait été scellée. Ayant par ailleurs noué des liens avec une poignée de célibataires, de temps à autre le sévrien acceptait de prendre un verre en sortant du bureau. Claire, la jeune et pimpante rousse aux yeux verts, se joignait systématiquement à cette joyeuse troupe. Il n'en fallait pas davantage, les spéculations allèrent bon train chez Cosmo Tech. Tel un feu de forêt, la rumeur se répandit sur la formation d'un nouveau couple.

Assis en face de Brissemont, il fermait le capot de son ordinateur portable au moment où une question aussi importune que saugrenue lui fut posée : « Sinon, sur le plan personnel, est-ce que tout va bien ? » Devant son silence, le patron s'empressa de préciser : « Avec Claire, ça roule ? » La formule le laissa pantois. Il se pencha légèrement en avant, haussa les sourcils, le bec cloué.

« Je ne voulais pas être indiscret, excuse-moi. C'est ta vie privée, mais l'équilibre vie pro vie perso est essentiel, d'où mon interrogation.
- Si on peut éviter la méprise...
- Ah bon ? Une histoire passagère, ça me regarde encore moins. Par contre, sois discret dans ce cas s'il te plait, évitons de mettre le bazar dans les services.
- C'est-à-dire que...
- Dans notre métier, le temps libre est restreint, les occasions de sortir sont limitées, ce qui explique toutes ces amourettes en interne je suppose.
- Et les ragots aussi ? » rétorqua-t-il, du tac au tac.

Quel toupet, ce cher Gauthier... difficile à convaincre dès lors qu'il a une conviction ; parle pour toi..., ajouta-t-il mentalement tout en longeant le couloir. En dehors du travail, on peut avoir des loisirs. Exercer un métier, même passionnant, ne signifie pas s'y dévouer corps et âme.

Le quiproquo perdura. Pour ne rien arranger, à son tour Claire sombra dans une interprétation simpliste : s'il se montrait prévenant, appréciait sa compagnie, c'est qu'il avait des visées sur elle. Vexée par l'absence de prise d'initiative du séduisant trentenaire, asticotée par ses propres collègues féminines, elle devint furieuse au point de le dépeindre sous les traits d'un homme coincé, voire insignifiant.

Il ne s'en émut pas outre mesure. Claire avait commis certaines erreurs de jugement. L'une d'elles concernait le comportement de Val, qui faisait généralement preuve de prévenance à l'égard de tous. En outre, il considérait comme loufoque, avec un brin de naïveté, l'idée d'une amitié amoureuse entre personnes de sexe opposé ; à l'évidence, un point de vue pas unanimement partagé. Leurs différences psychologiques expliquaient-elles ce constat attristant ? Le questionnement le renvoyait à ses doutes, notamment ceux qu'il nourrissait sur la notion de bonheur dans une vie de couple hétérosexuel.

La mésaventure eut pour conséquence de le conforter dans son choix temporaire, le célibat, et le dissuada une fois pour toutes d'envisager, pire d'accepter une relation amoureuse au sein de l'entreprise – fût-elle éphémère ou durable.

De surcroît, il avait dernièrement observé quelque chose de perturbant. Sur leur lieu de travail, les femmes semblaient évoluer plus difficilement dans un univers dépourvu de rapport affectif. Pour lui, à l'inverse, la scission restait primordiale. Il entendait ne surtout pas déroger à cette règle qu'il jugeait élémentaire.

Au rez-de-chaussée, après avoir déverrouillé les trois moniteurs installés sur son poste, enfin, il refit surface. Tout compte fait, il estima qu'il était préférable de s'en amuser…

Est-ce bien utile d'être un ingénieur motoriste doué, aux qualités créatives reconnues, de concevoir les moteurs de demain en vue de faciliter le quotidien à des millions de personnes, mais de se sentir tout bonnement impuissant quand il s'agit d'organiser sa propre vie ? C'est une précision à ne jamais faire apparaître sur un CV ; je ne prends guère de risque en l'affirmant. Ce n'est ni rassurant pour un employeur, ni valorisant à titre personnel ; sinon, à mentionner dans une rubrique inédite, du type "mes incompétences avérées".

Le lendemain matin, il sifflotait gaiement en arrivant au bureau. « Bis repetita » lâcha-t-il non sans ironie à l'entrée du pôle scientifique et technologique du plateau de Saclay. L'agent de sécurité resta perplexe. Derrière lui, JFK entendit distinctement son collègue prononcer l'aphorisme. Il fit la moue, répondit en silence par un mouvement tournant de la main qui devait sans doute équivaloir à « plus ou moins. » Pendant un court instant, le sévrien l'examina, intrigué par son allure. La tête échevelée, les vêtements froissés, le quadragénaire donnait vraiment l'impression d'avoir dormi dans un fossé.

Non, le mercredi n'était effectivement pas la journée la plus engageante de la semaine, juste un passage obligé. Tour à tour, les ingénieurs en charge d'une équipe se préparaient à défiler devant le patron, à argumenter sur les dossiers en cours en vue d'obtenir – ou pas – son aval.

En attendant que Brissemont ne l'invite à entrer, il jeta un rapide coup d'œil à la fenêtre. Aucune place de parking n'était disponible, pas même celle dévolue au directeur. La feue Porsche 911 grise, qui avait terminé sa carrière fugace sous la forme de boîtes de conserve, faisait place à un autre bolide, identique en tous points mise à part la couleur. A nouveau, Gauthier se trouvait de fait en possession de son jouet préféré, songea-t-il alors en misant sur sa bonne humeur. Il eut raison, car l'entretien se déroula dans les meilleures conditions.

Deux hommes de ressources ; le verdict rendu à l'égard des deux amis les contenta pleinement. Avec adresse, Val avait émis l'hypothèse que l'étroite collaboration du duo ne pouvait que produire d'excellents résultats. Le dirigeant acquiesça volontiers d'un signe de tête. Sans mot dire.

JFK exprima sa gratitude à son collègue. A sa façon. La pause-déjeuner servit de prétexte. Ce fut tout sauf une surprise lorsqu'il se décrivit spontanément comme étant « un oiseau de nuit. » Une répartie maladroite effleura l'esprit de son homologue : « L'état de ton plumage, au petit matin, laisse à désirer » ; celle-ci resta toutefois au stade de la pensée, ne voulant pas le heurter. Au cours du repas, l'énigmatique Jean-Frédérick renouvela ses allusions, à intervalles réguliers. Il lui découvrit un autre talent, la maîtrise de l'art du teasing. Tenu en haleine, il fit pourtant mine d'y voir un intérêt minime, ne broncha pas.

Etre reconnu dans son travail : que souhaiter de plus ? Ils entamèrent une discussion sur ce sujet brûlant. Dans leur cas, Brissemont soulignait leur capacité à respecter les délais impartis tout en menant à bien les missions confiées. Il n'omit pas de rapporter les efforts fournis afin de fédérer les équipes dans un cadre strict, celui des valeurs d'entreprise. Val se décida à titiller son compère. « Si on pousse ce raisonnement d'un degré, on peut se demander si cette période faste perdurera...

- Oh... explique-toi...
- C'est simple. La technologie progresse à grands pas, d'autres voies s'ouvriront immanquablement tôt ou tard ; ça pourrait très bien nous laisser un jour sur le bord de la route.
- Pas très joyeuse, ta théorie !
- Juste une hypothèse ! Nous sommes aujourd'hui considérés comme utiles, dotés de compétences.

Cela durera-t-il ? Je ne trouve pas la question inintéressante, à peine stressante en réalité...
- Tu penses à l'IA ?
- Entre autres... si on t'avait décrit, il y a dix ans, ses performances actuelles et potentielles, qu'en aurais-tu pensé ? Pour ma part j'aurais ri...
- Tu marques un point.
- S'agissant en particulier de l'ingénierie de pointe, l'effet d'accélération fait réfléchir.
- Oh... l'intelligence artificielle ne sera jamais la panacée – Dieu merci – le métier d'ingénieur a sûrement un bel avenir !
- Les secteurs d'activité sont-ils égaux ? Il y a ceux qui sont en plein essor, et les autres, dans une situation non comparable. Le nôtre, peut-être...
- A titre d'exemple, les technologies de l'information et de la communication ont le vent en poupe ; une industrie pérenne, incontestablement. »

Quelque peu désenchanté, le quadra termina sa phrase, fit silence, résolu à ne plus jouer le jeu du provocateur. Cela dit, il adhérait en partie à la triste logique de son collègue. Il le dévisagea un moment, puis marmonna en lorgnant sur son dessert :

« J'aurais dû prendre un éclair au kirsch, mon clafoutis aux cerises est ratatiné. »

Face à l'absence de réaction, il jeta un regard furtif sur la salle du restaurant d'entreprise à moitié vide.

« Tiens, je ne vois pas Claire, elle n'a pas voulu déjeuner avec toi ce midi ? » Sans lever les yeux de son assiette, Val lui rendit un sourire complice, approuvant le trait d'esprit. « Ah... elle avait probablement mieux à faire. »

La première semaine de décembre fut consacrée à un nouveau dossier prioritaire. Chez Cosmo Tech, on voyait rarement un ingénieur bayer aux corneilles. Présenté sur la grande table laquée à hauteur réglable dans l'open space, un classeur intitulé « Innovations – Fuselages et Empennages », que le jeune technicien examinait avec attention, était disponible en double exemplaire. JFK le rejoignit, s'empara du second. Aux récentes avancées des deux scientifiques venaient s'ajouter des progrès inattendus qui allaient jouer un rôle crucial dans l'aéronautique.
« Oh... il y a là un enjeu de premier plan » murmura-t-il en compulsant les premières pages du rapport.

Tout aéronef se voit infliger bon nombre de contraintes. Pour qu'un vol puisse s'effectuer dans des conditions raisonnables de sécurité, les paramètres à considérer représentent à eux seuls un inventaire à la Prévert. Val s'absorbait dans la lecture des données, qui exigeaient une concentration soutenue et permanente. Il n'ignorait pas l'importance capitale de la conception d'un fuselage, dont la diminution significative de la traînée avait des conséquences immédiates sur le marché concurrentiel de l'hélicoptère. De façon concrète, une traînée moindre impliquait des vitesses plus élevées conjointement avec des distances franchissables plus grandes et des coûts d'exploitation réduits. Dans les bureaux d'études, partout sur la planète, le fuselage se trouvait au cœur du débat.
Responsable de la moitié de la traînée des hélicoptères en vol avançant à grande vitesse, il faisait logiquement l'objet de recherches approfondies. JFK s'attarda sur le dernier paragraphe au constat sans appel – la réduction

était de l'ordre de vingt pour cent – suivi d'une conclusion digne d'intérêt : « Ces résultats ont été obtenus grâce au développement de plusieurs méthodes, numériques et expérimentales. »

Une sonnerie continue interrompit la réflexion. Le visage impassible, le quadra désigna du doigt le combiné placé au centre de la table. Tendant à son tour le bras, Val finit par poser l'index sur le bouton poussoir du microphone. Sur un ton franchement agacé, l'interlocuteur le convia séance tenante à un briefing. Cet appel piqua sa curiosité, les mots employés étant pour le moins inhabituels. Une sorte de prémonition le traversa, il s'agissait à coup sûr d'une demande particulière. Que voulait-il au juste ? La porte du bureau de Brissemont était restée entrouverte, il entra sans frapper. « Je t'en prie, prends place... nous devons parler de certaines choses. »

La porte refermée, le directeur s'affala dans son fauteuil, en face de lui. « Bon, nos développements sont arrivés à un stade où il est nécessaire de passer à la production des prototypes qui permettront de procéder aux essais réels, et de confirmer ainsi l'exactitude de nos calculs.
- C'est évident.
- A cet effet, la coordination entre nos équipes va se révéler primordiale ; pas ici en interne, non, je fais allusion au site de Bordes, qui possède aussi une division recherche et développement mais qui se trouve être également – et surtout – le principal site de production de Cosmo Helicopter Engines. »

Val opinait du bonnet tout en cherchant à deviner la chute probable de l'argumentation ; et son rôle éventuel.

Il se tut, écouta. « La direction générale garde un œil sur le dossier ; il faut dire que le ministre délégué chargé des Transports ne nous a pas quittés d'une semelle. Le ministère des Armées s'est depuis invité à la fête...
- On a fait le job, non ?
- La coordination suppose la proximité physique à un moment donné : pouvoir échanger de vive voix avec les collègues de Bordes.
- Dois-je en déduire que tu vas t'y rendre dans les prochains jours ?
- En réalité j'ai une autre idée en tête ; et une bonne nouvelle à t'annoncer, validée par les ressources humaines du Groupe. »

Peu à peu, l'ingénieur s'écrasait dans son siège. Cette dernière déclaration lui fit plisser les yeux. Brissemont dégaina son ultime atout : « On a pensé à toi. La société souhaite valoriser ton investissement personnel ; on te propose d'être détaché quelque temps à Bordes !
- Pourquoi moi ? Je ne suis pas le seul de l'équipe à m'être investi...
- Pas le seul, mais un des principaux acteurs, et sur la gamme "hélicoptère", notre meilleure expertise locale. Qu'en dis-tu ? Formidable, non ?
- Merci d'avoir pensé à moi, Gauthier, seulement je ne suis pas intéressé.
- Comment ça ? Les efforts consentis depuis un an sont payants, c'est maintenant l'affaire de quelques semaines, quelques mois tout au plus...
- Raison de plus ! »

Voyant que la situation était sur le point de lui échapper, le patron se leva et se dirigea vers la fenêtre, boudeur.

Une impression désagréable dominait, Val refusait qu'on tente de lui mettre le singe sur l'épaule. Néanmoins, il garda pour lui la métaphore désobligeante. Si l'envie de l'exprimer à voix haute ne manquait pas, au bout du compte le bon sens l'emporta. Le directeur se retourna et revint à l'assaut. « Jouons cartes sur table. Je me suis un peu engagé, ils ne comprendront pas si tu refuses... Bonjour les ennuis pour nous deux.
- En discuter avant n'était pas la meilleure option ?
- Si, si... tout ceci est compliqué. Je me suis dit que je pouvais compter sur toi... »

Décidément, Gauthier Brissemont aurait dû emprunter une autre voie, celle de la politique, schématisa-t-il. Passé maître dans l'art du forcing, ou du culot, voire les deux, il venait de porter le coup gagnant. L'employé soupira, l'autre souffla. C'était une affaire entendue. Bon prince, le patron émit :
« J'ai pensé à une solution intermédiaire, une sorte de variante. On pourrait alterner, une semaine ici, une semaine à Bordes ; mieux encore, trois jours là-bas, du mardi au jeudi... nettement plus confortable !
- Evidemment, la formule est tentante » ironisa-t-il.

Ragaillardi, le directeur du bureau d'études se rassit. Il paraissait déterminé à « renforcer le dialogue social », « favoriser la qualité de vie au travail », et « mettre toute son énergie au service du team building ». Nul doute que le service des ressources humaines aurait été fier de lui. Il voulut préciser : « Bon, on s'occupe de tout ; les billets de train, le taxi, l'hôtel, le restaurant. Sois serein, ok ? »

L'entretien, rondement mené, touchait à sa fin. Hélas, il ne put éviter la fausse note.

Alors que l'ingénieur s'apprêtait à quitter la pièce, Brissemont lui lança : « Cette mission va te permettre de bien travailler ton projet managérial... »

Une belle connerie. Trois mots simples qui résumèrent la pensée du jeune technicien qui arpentait les couloirs. A quel projet précis son directeur faisait-il allusion ? Lui avait-il une seule fois fait part de velléités en matière de management ? Pourquoi certains managers croient-ils bon de ressasser des formules vides de sens en guise d'épilogue ? Panne d'inspiration, paresse intellectuelle ? « Et dire que je n'ai pas pensé à remercier Gauthier » maugréa-t-il en se mordillant les lèvres.

*

Son refus de partir s'installer provisoirement à Bordes le gratifia d'un joli commentaire maternel. Sybille ne se priva pas de lui signifier sa désapprobation. Il estima avoir manqué une nouvelle et magnifique occasion de se taire. A en croire sa mère, il filait un mauvais coton, l'influence paternelle en était possiblement la cause, il allait « finir comme lui, convoqué tôt ou tard pour fournir des explications à sa direction. »

Traverser Paris et se trouver placé devant un tribunal populaire constituait une expérience dont il se serait volontiers passé. A dire vrai, il l'avait peut-être un peu cherché : à son arrivée dans le logement de ses parents, il les avait embrassés tout en leur déclarant « venir s'enquérir de l'état de santé du prince héritier. » Stoïque, Hermès ignora la provocation.

L'approche de la nuit, ce vendredi soir, sonna le départ

de la balade canine. Un tour de quartier effectué avec Sybille, au gré des bourrasques de pluie. Il observait sa mère qui apprêtait le bel hidalgo en s'attardant sur son harnachement. A la mauvaise saison, Hermès ne sortait pas sans son manteau. Constamment orné d'un collier végétalien fait main, de près comme de loin, il avait fière allure.

Le jour où Val matérialisa l'idée d'un cadeau pour le quadrupède, Sybille s'insurgea contre le choix. De bonne facture, le collier Gorilla du spécialiste français Maurice affichait certes de solides arguments : qualité premium, entièrement doublé, aucun traitement chimique ; mais le matériau utilisé – du cuir naturel – ne respectait pas le cahier des charges, seul le tannage était végétal. Même issu du recyclage alimentaire et de l'upcylage, l'utiliser devenait ainsi inconcevable. Devant l'impossibilité de lui donner une seconde vie, il fut remisé au fond d'un placard. Un verdict définitif.

En revanche, la montre intelligente connectée se révéla être un cadeau d'anniversaire pertinent. A son poignet en permanence, Sybille sollicitait les fonctionnalités afin de suivre l'état de santé de son champion. Les séances d'exercice programmées permettaient de s'assurer de la stabilisation du poids d'Hermès. Un point en commun avec l'aéronautique, constata-t-il, l'ennemi identifié est assurément le surpoids.

Malheureusement, quand l'initiative d'y intégrer son mari fut prise, une opposition opiniâtre prit forme. Si Gilles ne pouvait ignorer les légitimes inquiétudes de son épouse, il refusait pour autant « d'être fliqué comme un gamin. »

La rébellion couvait. Sybille souhaita cependant aborder un sujet sensible, celui des alertes cardiaques récentes. « Gilles, sais-tu à quel point je m'inquiète pour toi ?
- Tout à fait. Je t'en remercie.
- Ce n'est pas la question, je te parle sérieusement. Tu es suivi sur le plan médical, ok ; encore faut-il prendre les bonnes résolutions par la suite...
- Les bonnes résolutions ?
- Oui, chéri. Tu n'as pas ralenti ta consommation de tabac. Aurais-tu oublié les recommandations ?
- Absolument pas. Le spécialiste s'attache à jouer son rôle, la médecine est pour lui un sacerdoce.
- J'y pense, ton rendez-vous mensuel tombait hier ! Tu n'y es pas allé ?
- Si. Il n'était pas disponible, j'ai donc fait demi-tour.
- Quelle en est la raison, je te prie ?
- Le cardiologue est hospitalisé. Un infarctus du myocarde... autrement dit, une crise cardiaque. Et il ne fume pas...
- Que comptes-tu faire à présent ? »

Faisant mine de ne pas comprendre, le philosophe se resservit de thé au séné avant de répondre platement : « Lui envoyer des fleurs, à l'hôpital, avec mes vœux de prompt rétablissement... »

Spectateur attentif, le fils qui avait gardé le silence ne put s'empêcher de pouffer ; une attitude que Sybille jugea déplacée. Elle secoua la tête, bredouilla quelques mots puis s'éloigna. Après s'être rapproché de lui, le père en profita pour chuchoter : « Il y a anguille sous roche. Ce soir, elle sort avec des amies ou des collègues, je ne sais plus... on pourrait s'éclipser et dîner ensemble ?

- Et comment !
- Un restaurant de viande ?
- Ça me va. »

Un délicieux sentiment de transgression. C'est ainsi que Gilles décrivit la situation à l'instant où ils empruntèrent les petites rues menant à leur destination. Sophocle les accompagna jusqu'à la porte de l'établissement dont les lumières rouges clignotaient au loin ; une couleur sans doute en rapport direct avec le thème – sanglant – de la soirée. En chemin, le père détailla le motif pour lequel le dramaturge grec devait selon lui occuper une place de choix dans la société. La notion de transgression, chère à Sophocle, était appréhendée avec brio dans l'une de ses œuvres, Antigone. Désireux de susciter son intérêt, Gilles proposa à son fils une piste de réflexion : une loi stricte peut-elle être ignorée au nom de valeurs que l'on considère comme supérieures à celle-ci ? Finalement, Val reçut cette exhortation : « Cette pièce, lis-la. »

Dans une ambiance chaleureuse et gourmande, les tables carrées accueillaient les clients qui se pressaient à l'entrée, devant laquelle une longue file de personnes attendaient patiemment leur tour. A l'intérieur, une toile écrue tamisait la lumière. Le duo s'installa à côté d'un couple de provinciaux qui dévorait deux belles côtes de bœuf. Ils échangèrent brièvement un regard fraternel.

La découverte de la carte, qui recélait une pléthore de suggestions, déconcertait les plus indécis. Les grillades en tous genres rivalisaient avec différentes spécialités de cochonnailles et d'abats maison. Le choix du fils se porta sur l'entrecôte beurre maître d'hôtel, celui de Gilles sur le carpaccio de bœuf accompagné de roquette et de parmesan. Pour arroser le tout, un vin de bourgogne fut retenu, un Hautes-Côtes-de-Nuits. Lors de la prise de commande, le philosophe finalisa à l'aide d'une maxime. « Ce n'est pas parce que Pythagore était végétarien qu'il est nécessaire de l'imiter » affirma-t-il sous l'œil hagard du serveur, qui par politesse acquiesça.

Sortir avec un père aussi atypique constituait un moment peu banal, rarement ennuyeux. Val l'observait en étant conscient que son compagnon de table, qui n'excellait pas dans le rôle paternel, s'avérait à l'évidence meilleur dans celui du camarade. A l'instar de toute conversation, les sujets se succédèrent à bâtons rompus. Gilles ne se priva pas d'afficher son hostilité pour les religions, son mépris presque. Cette position ne le surprit pas, son père, d'abord philosophe, prônait une interprétation personnelle.

« Globalement, les humains ne veulent pas savoir, ils veulent croire. Croire en ce qui est réconfortant. On peut l'illustrer par un exemple simple : combien de personnes qui ignorent dieu toute l'année se réfugient-elles soudain dans la religion quand elles affrontent des difficultés, un deuil, mettons. J'ai vu des gens athées supplier Dieu lors d'un enterrement... n'est-ce pas révélateur ?

- Peut-être que l'épreuve les rapproche de Dieu. »

Gilles soupira. Une moue de dégoût revint sur son visage. « L'intérêt que je porte à la religion est très limité, celui réservé aux divinités à l'avenant. Ah si... une exception, Dionysos pour lequel j'ai une affection toute

particulière : dieu de la vigne, du vin, de la fête et de ses excès ; bah oui, comment ne pas être fan, sérieusement ?
- C'est une sorte de thèse que tu soutiens devant tes étudiants, dans ces bars un peu louches qui effraient tant maman ?
- On peut considérer les choses ainsi... tu devrais te joindre à moi, certaines étudiantes pourraient t'inspirer autre chose que tes pales d'hélicoptère.
- Je vois le tableau... le fils du prof un peu barré qui suit papa pour draguer des filles qui ont dix ans de moins... bravo !
- Quelle importance ? Un écart d'âge ridicule, de nos jours ça ne compte plus. Vois-tu, un collègue qui enseigne le marketing sort avec l'une de mes étudiantes ; trente-cinq ans les séparent.
- Si tu le dis... j'y pense, tu ne les portes pas toutes dans ton cœur, certaines n'ayant pas hésité à te faire convoquer devant le conseil de discipline !
- Celles-là... mettons-les de côté... idiotes elles étaient, idiotes elles sont, idiotes elles resteront. A leurs yeux je ne suis qu'un vieux con... mais ne pas aimer les cons n'annule pas la probabilité d'en être un... » précisa-t-il en levant le doigt.

Peu avant le dessert, Val but une dernière gorgée de vin. L'occasion était trop belle, Gilles se précipita :
« On va commander une troisième bouteille.
- Il serait plus raisonnable, je crois, de ralentir un peu, tes examens ne sont pas au top...
- Ah... Je bois trop. Je fume trop. Je mange trop. Je râle trop. Je rigole trop... et je vous emmerde tous bien cordialement. »

La fin du repas approchait. L'espace d'une seconde, il crut que son père allait sortir un cigare de sa veste. Il avait esquissé un geste, s'était ravisé. Dans un lieu interdit aux fumeurs, l'effet produit par les volutes de fumée aurait été garanti. Après une évidente hésitation, il fixa son père, se lança :
« Un an après mon divorce, je n'ai toujours pas tourné la page. C'est difficile à décrire, ce ne sont ni de la peine, ni des regrets ; je ne réussis pas à me projeter dans une quelconque relation. Parfois une opportunité se présente, je suis nul à un point... et plus le temps passe, plus l'impression de maladresse l'emporte. J'en viens à douter. Qu'en penses-tu ?
- Le questionnement. Voilà un sujet fondamental ; et vaste. Il nous poursuit depuis des millénaires : cognitif, philosophique etc... l'un est célèbre, le dialogue socratique.
- C'est ton avis que je souhaiterais avoir.
- Eviter de sombrer dans la victimisation ou dans la compassion est une première étape importante.
- Je comprends. S'apitoyer n'aide pas.
- Aller au-delà me parait nécessaire : accepter les événements en estimant qu'ils relèvent plutôt de la fatalité. Plus simple à dire qu'à faire, certes...
- Une certaine passivité, en somme.
- Non ! Il faut du courage pour supporter, se battre, ne pas se laisser aller ; c'est une vertu essentielle.
- Supporter, souffrir en silence... joli programme !
- Apprends en outre à ne désirer que ce qui dépend de toi ; ça permet d'entrevoir des éclaircies.
- Là, je partage ta position.

- Le malheur des hommes réside dans le fait de ne pas se servir de leur raison. Ils poursuivent des chimères, de grandes désillusions en résultent.
- Entretenir des rêves ne permet-il pas d'avancer ?
- C'est une bonne question, il appartient à chacun d'y répondre. Tu as sollicité mon avis, le voici. En peu de mots, je pourrais le résumer ainsi : dans le monde qui nous entoure, chacun doit s'efforcer de comprendre quelle est sa place, puis acquiescer au destin.
- J'y songerai, au calme.
- Bien sûr, mon grand. Un environnement propice favorise grandement la méditation. Bon... et si on reprenait un verre de vin ? »

Sur le plateau de Saclay, au sein du bureau d'études, il persistait et signait. Chaque semaine, pur hasard ou pas, l'ingénieur à la personnalité singulière s'évertuait à évoquer auprès de son collègue ses petites escapades nocturnes, tout en veillant à entretenir le suspense sur leur nature exacte. Val n'était pas en proie au doute, il misait davantage sur le caractère prémédité des propos du quadra que sur une simple coïncidence.

Dans un même temps, sa présence au Bandana devint si régulière qu'un soir Oliver le félicita d'y avoir établi son quartier général. L'opportunité de venir s'encanailler en compagnie d'un oiseau de nuit lui traversa alors l'esprit.

JFK accueillit la proposition avec enthousiasme. La double perspective de côtoyer son agréable homologue en dehors de Cosmo Tech et d'étendre son terrain de jeu ne pouvait que le séduire.

Il lui dépeignit l'ambiance vintage du bistrot chic, sans omettre de l'informer du show organisé tous les soirs du mardi au samedi. Cette fois-ci, c'est lui qui prenait plaisir à le soumettre à une sorte de teasing. A l'évocation du mot spectacle, il nota d'emblée une légère émotion sur son visage.

Le jeudi soir suivant, sous le regard amusé du gérant, il poussait la porte du Bandana, son compère sur les talons. En guise de bienvenue, il se vit aussitôt proposer des parts dans la société, au motif qu'il s'acquittait avec sérieux de sa nouvelle mission de recruteur. Chambreur par nature, Oliver manquait rarement une occasion de s'illustrer. La boutade lui permit également de situer le degré d'humour de l'expert au blazer bleu marine, qui réussit l'examen haut la main, démontrant ses capacités d'adaptation dès les premières minutes. Comme un poisson dans l'eau, il naviguait avec aisance dans son nouvel espace.

Tout établissement qui se respecte s'applique à faire constamment évoluer sa carte, à moduler l'offre selon les saisons. Le Bandana n'échappait pas à la règle. Les fêtes de fin d'année terminées, d'inédits cocktails étaient présentés : une occasion pour Val de découvrir d'autres saveurs. Il prit le parti d'écouter ses envies. JFK l'imita. Sur fond de musique binaire au tempo rapide, la salle se remplissait progressivement, repoussant les clients vers les abords du bar. Un jour ordinaire. Carton plein.

Inlassable sentinelle, Oliver fit un discret signe de la main en direction de ses amis. A presque vingt et une heures, tandis que l'afflux de commandes précédait de peu la fin de l'happy hour, à l'unisson ils se décalèrent de quelques mètres.

Euphorique, l'expert qui s'agitait, commenta :
« Ça sent la vie ou je ne m'y connais pas ; l'effervescence, j'adore ! »

Boute-en-train, Oliver ironisa dans la foulée :
« Quoi de plus beau que de voir s'élancer sur la piste un troupeau de gnous assoiffés ? Le Serengeti... »

En silence, le sévrien débuta la dégustation du puissant cocktail à la couleur jaune d'or, posé devant lui avec délicatesse. Le verre de forme arrondie et au bord givré, qui reposait sur une très longue tige, dégageait une élégance sobre. La grande aiguille de l'horloge surmontant le bar allait bientôt effectuer un tour complet et, par là même, libérer danseuses et danseurs. Même si rien ne transparaissait de ses intentions, il attendait l'instant avec impatience. Allait-il enfin en apprendre davantage sur les fréquentes virées nocturnes de son homologue ?

Le show quotidien débuta à vingt-deux heures précises. JFK accompagnait du regard chacun des artistes, suivait chaque mouvement, détaillait les costumes. Val y vit un double spectacle, celui offert par son collègue rivalisait avec l'autre. Il ne reconnaissait pas l'ingénieur en charge de dossiers techniques avec lequel il travaillait au pôle scientifique et technologique. Il assistait à une sorte de téléportation où la machine fonctionnait à plein régime. Pendant près d'une heure, ils n'échangèrent pas un mot,

Tout à coup, il eut un sentiment confus, un mélange de sympathie et d'inquiétude. Son ami semblait décidé à se lever, à rejoindre d'un bond les artistes sur les podiums.

Assis à sa droite, un rouquin obèse qui avait un peu trop éclusé cherchait des noises à un brun costaud accoudé au bar ; une histoire idiote de tabouret gênant, sorti de l'alignement. Il postillonnait copieusement dans le verre de l'infortuné client dont la patience s'émoussait. Avant que les choses ne tournent au vinaigre, l'un des barmen réussit à éloigner l'importun avec autorité et courtoisie.

« Val... tu n'es pas le seul à apprécier » lança Oliver tout en désignant son compère engagé dans un mouvement rotatif, calé sur les tubes disco. « La nouvelle année démarre sur les chapeaux de roues ; au quinze janvier, c'est déjà complet tous les soirs, ça promet ! A ce rythme je ne tiendrai pas longtemps. Dans tous les cas, je vais devoir penser aux vacances, mon cumul de congés est en passe d'atteindre des sommets...

- Je resterai fidèle à l'enseigne en ton absence, sois tranquille » répliqua-t-il alors qu'il terminait son verre. « A cause de toi je m'enivre dans cette taverne chaque semaine ; très malin de ta part, auparavant je buvais essentiellement du thé...
- Sais-tu au moins ce que tu as bu ? Je suis prêt à parier que non.
- Tu ne me piègeras pas à chaque fois.
- Alors ? Tiens, je vais t'indiquer les ingrédients. Si tu cites celui qui manque, on part ensemble en vacances et tu choisis la destination ; ok ?
- Allons-y...
- Brandy 4 cl – Jus de citron jaune 1cl – 5 glaçons.
- Triple sec 2 cl. Prépare ta valise.
- Tu connais notre version du sidecar ?
- Pas spécialement. J'ai posé la question à Lucas quand tu avais le dos tourné. C'est fou ce qu'on découvre en s'y intéressant un peu.
- Ah... il est beaucoup trop bavard, ce barman ! »

Un concept commercial doit avoir le temps de mûrir puis de trouver son public. Ce fut le cas du Bandana, les mois passèrent avant que l'idée initiale de création aboutisse à un résultat viable. Plus récemment, il avait émis un avis sur ses axes de développement. A présent, il allait le préciser et formuler une ébauche de suggestion.

Afin de ne pas provoquer à terme une lassitude auprès des habitués, il interrogea Oliver sur une option : pourquoi ne pas conserver le show actuel – une valeur sûre, le réduire légèrement, imaginer ensuite un peu d'exotisme pour surprendre. Ce qui revenait, selon lui, à

ne prendre aucun risque, à ne pas décevoir les fans, au contraire, à les fidéliser tout en captant une clientèle additionnelle dans le respect du concept original.
« De l'exotisme ?
- Sortir des sentiers battus, si tu préfères.
- Où veux-tu que je déniche ça ?
- Tu avais sollicité mon avis, j'y ai réfléchi en tant que consommateur...
- C'est loin d'être stupide, j'essaie de comprendre.
- Quelque chose de complémentaire, suffisamment différent pour qu'il y ait un bénéfice, assez proche pour ne pas dégénérer en Foire du trône.
- Je te vois d'ici sur le podium nous présenter un one man show !
- Ne ris pas, je ne m'en sens pas capable.
- Sinon ? Tu te lancerais ?
- L'art du spectacle, ce qui gravite autour... un univers fascinant ! Tel un numéro d'équilibriste exécuté sans filet de protection... pas de second service, ça passe ou ça casse.
- Effectivement. Un métier ne s'improvise pas. »

Aux environs d'une heure, l'infatigable JFK terminait son cinquième sidecar, lui, son troisième. Chez ce dernier, c'était habituellement l'heure du retour d'un personnage légendaire, le marchand de sable. Le maigre repas avalé en tout début de soirée n'arrangeait rien.

Alors que ses gestes approximatifs trahissaient une fatigue soudaine, l'expert se rapprocha, se pencha vers lui et synthétisa à sa manière :
« Ici on ne connait pas l'ennui ; déco ravissante, couleurs pimpantes... hélas, dans une heure ça va fermer.

- Quel entrain ! Heureux d'avoir l'insigne privilège d'admirer ta vivacité nocturne.
- Le milieu de la nuit est le moment où je déborde de vitalité ; le petit matin, en revanche, est plus compliqué, tu en es parfois le témoin. »

Val marqua une brève pause. « Nous avons remarqué ton vif intérêt ; les métiers du spectacle t'attirent ?
- Depuis toujours, ou presque.
- Quel est ton avis sur celui-ci ?
- Ne manquent que du maquillage, des plumes... »

Un oiseau de nuit. JFK s'était dépeint avec justesse ; à double titre, nota-t-il mentalement, il y avait des plumes dans cette curieuse histoire. Son camarade de soirée lui apprit qu'il s'émerveillait de l'éclat du costume de scène, de sa grâce et, par-dessus tout, qu'il adorait se déguiser.

Il l'écouta, bouche bée, lui partager son univers, celui d'un homme sans idées préconçues ni barrières, un doux rêveur à l'écoute de ses fantasmes. Subitement il prit la mesure de la situation : travailler aux côtés d'une personne durant des années ne signifie pas pour autant la connaître. Quoi qu'il en soit, ils affichèrent de concert leur conviction commune : le caractère sacré de la vie privée, d'où la nécessité de ne mettre personne d'autre dans la confidence.

« Début Février, je pars généralement me ressourcer quelques jours à la montagne ; un chalet que possède mes parents. Tu m'y accompagnes ? Nous pourrions parler d'un sujet qui nous rapproche » proposa le quadra.

A deux heures pile, Le Bandana fermait ses portes. Sur les grandes artères, le calme omniprésent surprit Val.

Dans le froid mordant de la nuit, la brise lui fit accélérer le pas. Drôle de virée nocturne, murmura-t-il, si je devais établir un rapport d'étonnement, la conclusion ne serait pas insipide. Une véritable tranche de vie, en somme.

D'après les scientifiques, les cycles du sommeil de l'être humain sont divisés en quatre phases – sommeil léger, sommeil profond, sommeil paradoxal et éveil. Au cours de la troisième phase, le cerveau créé des images par le biais de l'imagination, en y intégrant des informations en nombre reçues avant la nuit. Ainsi, le mécanisme des rêves demeure complexe. Il n'allait pas s'y soustraire.

Un cacatoès géant lui faisait face. L'oiseau à la stature imposante, d'environ un mètre quatre-vingts, gesticulait en parlant. Il ne saisissait pas un traître mot du laïus. Avec son plumage monochrome, blanc, sa crête jaune, il s'apprêtait à débuter la représentation devant la foule qui s'amassait.

Le psittacidé rayonnait par son élégance hardie, capable de dresser à volonté sa huppe ; c'était de mise pour la circonstance. Mis à part ces petits débris de graines tombés sur son dos, il réalisait un sans-faute. En regardant de plus près, il comprit qu'il s'agissait en fait de pellicules. L'oiseau grimpeur exotique souffrait-il en secret d'une affection particulière ? L'annonce micro mit fin au suspense. On entendit distinctement un nom : Jean-Frédérick Kapusta.

Interloqué, il identifia enfin le volatile qui ne cessait, depuis un moment, de l'inviter à le suivre sur la scène. Fréquemment concentrés sur certains mots, ses défauts de prononciation ne faisaient que s'accentuer au fil des minutes. Qu'essayait-il de lui dire, en battant sans relâche et furieusement des ailes ?

Posé sur une table non loin de là, un costume de scène attendait son artiste. Un frisson le parcourut. Inutile de chercher ailleurs... celui que l'on attendait, c'était lui !

Un cri d'effroi retentit dans la salle. Comment pouvait-il refuser d'endosser cette responsabilité ? Serait-il à la hauteur des attentes de JFK mais aussi et surtout de celles des spectateurs ?

Assise à quelques mètres, le questionnant du regard, sa mère tenait la main de Brissemont. Piégé, il se sentait complètement piégé. Sybille secouait à présent la tête en guise de désapprobation, il entendait presque sa mise en garde : « Si tu fais cela, ta carrière est fichue, Valérios. » Pour ne rien arranger, son patron, toujours prompt à se mêler des affaires d'autrui, approuvait d'un geste non équivoque.

Défait et humilié, il recula, s'assit.

6

Le bimoteur ronronnait comme un chaton. Après un vol de trente-cinq minutes séparant Lyon-Bron de la destination finale, la courte piste d'atterrissage était en vue. Soudain, un petit trait noir apparut au loin, à flanc de montagne.

Niché à deux mille mètres d'altitude, adossé à une forêt, l'altiport le plus haut d'Europe offrait à ses visiteurs des sensations inoubliables. Avec une pente supérieure à dix-huit pour cent, les pilotes n'étaient pas en reste. Au stade de l'approche, les manœuvres requéraient en effet une qualification spécifique, associée aux autorisations nécessaires.

Le Beechcraft Baron 58P amorça enfin sa descente sur le versant sud. Val balbutia : « On va se poser là ? Je n'ai pas préparé mon testament. » Son compagnon acquiesça, la mine réjouie. L'aéronef se posa en douceur, mais les freins crissèrent ; il termina sa course à une dizaine de mètres d'un talus de neige en bout de piste. Un souvenir impérissable, songea-t-il en détachant avec fébrilité sa ceinture de sécurité.

« Ah... Courchevel se mérite ! » conclut le pilote.

Au milieu de l'hiver, la luminosité chutait rapidement sur les hauteurs. Le jour déclinait déjà ; trente minutes de moins qu'en bas, assura JFK. L'aviateur confirma. La longue ligne de crête, blanchie par le manteau neigeux, contrastait avec le bleu azur du ciel. Le sévrien contempla un instant le panorama à couper le souffle, digne de figurer parmi les plus jolies cartes postales. Aux alentours, la végétation alpine était surtout composée de conifères.

Son compère le héla. Au cœur de l'hiver, l'altiport restait avant tout un site battu par les vents, ce qui soulignait à nouveau la prouesse humaine à venir en ces lieux par les airs. Un voyage de trois jours justifiait pleinement le choix de l'avion. Le quadra avait usé de ses relations : un ami de son père, lui aussi heureux propriétaire au sein de la commune savoyarde, effectuait des allers-retours assez réguliers au départ de Paris ; une aubaine pour les deux voyageurs qui se virent proposer des sièges vacants à un tarif préférentiel.

De son côté, Brissemont ne cacha pas sa surprise de les voir déposer simultanément une demande de RTT, en dernière minute, tout en se montrant évasifs sur les raisons de leur absence.

A peine arrivés à leur tout nouveau et éphémère quartier général, à quelques encablures de là, l'hôte brancha la sono, sélectionna un best of de Motorhead. Le chalet au confort plutôt rudimentaire mais acceptable comportait un balcon exposé plein sud, face à la vallée. Le séjour s'annonçait sous de bons auspices. JFK se tourna vers lui en désignant du doigt la sono : « Faire un tel boucan à trois – chanteur compris... des génies ! »

Un verre était tentant, il dénicha dans un placard une bouteille d'un vin blanc local qu'il glissa aussitôt dans le bac du réfrigérateur, avant de sortir de leur sachet les bricelets au Beaufort achetés en chemin. « La roussette, tu connais ? Un vin savoyard, sec, aux arômes de miel et d'amande. Parfait à l'occasion d'un apéritif. »

A l'extérieur, la température venait de passer sous la barre symbolique des cinq degrés en dessous de zéro. D'un commun accord, ils décidèrent le premier soir de remettre au lendemain la découverte des abords de la station. Une discussion animée s'engagea alors autour de plusieurs activités accessibles pendant le week-end, pour le moins singulières : balade suivie d'un dîner en dameuse, descente des pistes sur un airboard – une sorte de luge gonflable, initiation aux joies du pilotage d'une chenillette de 470 chevaux. Bientôt un consensus émergea – un grand classique : la randonnée dans la neige, raquettes aux pieds, offrant à l'invité l'opportunité de découvrir les montagnes de Courchevel ainsi que les Trois Vallées ; dans le rôle du guide, son hôte lui-même.

En le resservant de roussette, JFK évoqua la multiplicité des occupations hivernales, le patrimoine culturel aussi. Sans transition, il interpella son collègue :

« D'où vient ton étonnante fascination pour l'univers du spectacle et du déguisement ? »

Mis en confiance, il accepta de se livrer un peu.

« Oh... le déclic a eu lieu il y a bien longtemps... c'était la fin de l'année scolaire à l'école primaire. J'avais six ans. Notre professeur des écoles nous avait parlé d'une fête, incluant un spectacle, à laquelle nos familles seraient conviées. Bien sûr, il a fallu apprendre, répéter, coordonner les pas de danse, chacun étant vêtu d'une tenue adaptée. Je me souviens de l'estrade dans la cour, de ma cavalière au gabarit imposant, dans une robe à fleurs, de mon petit costume gris à larges rayures. Aux yeux des adultes, le moment, certes mignon, ne représentait pas beaucoup plus. Aux yeux des enfants, en l'occurrence les miens, cela revêtait une signification particulière. Un moment magique ! Ce n'était pas dans le but d'être la vedette, de catalyser les attentions, non, il s'agissait juste de faire plaisir, de rendre les siens fiers, de ressentir la notion de responsabilité, de s'appliquer afin de ne pas rater… le costume de scène ? Un rêve… l'espace d'une heure, être quelqu'un d'autre. Cette journée m'a marqué. »

Et il se tut. Visiblement touché par le récit, JFK tendit à son invité le plateau de service contenant les bricelets. Il ne se fit pas prier, saisit le dernier. Il voulut à son tour poser une question, se retint in extremis. Absorbé dans ses pensées, son hôte observait maintenant un point fixe au milieu de la pièce, un endroit où il n'y avait rien. Inutile de le brusquer, tôt ou tard il devrait se lâcher, présuma-t-il.

Dès le vendredi matin, sous un soleil éclatant, Val eut le loisir de confirmer les dires de son ami concernant les charmes de la petite ville, en dehors du fait d'occuper la place de plus grand domaine skiable au monde, devenu une référence internationale dans le secteur des sports d'hiver. Des curiosités valaient le détour : l'architecture des anciennes maisons de villégiature, le Forum et son vertigineux mur d'escalade, le vieil alambic, le four à pain, les impressionnants tremplins olympiques de saut à ski, entre autres. Plus tard dans la journée, après une pause gourmande dans un bar restaurant, la partie de bowling fut préférée à la séance de patinage sur le pain de glace courchevellois.

Le lendemain, à la sortie de la boutique de location de matériel, il eut envie de pouffer de rire. JFK ressemblait à s'y méprendre à un trappeur de l'Arkansas. Son sourire pincé lui rappela que lui-même devait revêtir une apparence globalement comparable. Un samedi peu ordinaire s'amorçait. Plein de zèle, le vendeur avait dépensé une énergie folle afin de mettre le duo d'apprentis dans les meilleures conditions. Il avait si bien détaillé les deux façons de marcher avec des raquettes à neige, qu'une fois partis régna une confusion certaine.
« Et voilà le travail… à vouloir trop bien faire… » grommela l'homme des bois.
Ils tentèrent alors de résumer les brillants conseils reçus : « Soit vous écartez un peu les jambes pour avancer vos pieds en évitant que les raquettes ne s'entrechoquent, soit vous conservez les jambes parallèles mais en levant bien les pieds à chaque pas. Ainsi, les raquettes passent l'une au-dessus de l'autre. »
Incapables de se décider, dans un effort de synthèse, ils inaugurèrent une figure unique : un mix des deux options. L'allure pataude, tels des pingouins en maraude se dandinant sur la banquise, ils se dirigèrent vers la forêt. Fort heureusement, l'un d'eux connaissait bien les environs, les ayant maintes fois parcourus l'été, équipé

de chaussures de randonnée.

Après quelques centaines de mètres, le changement de décor fut brutal. L'épaisse couche de neige adoucissait les reliefs, le vent avait modelé dunes et congères aux formes souvent étranges ; un paradis blanc, lumineux, scintillant, où dominait une impression d'harmonie avec la nature. La sérénité que procurait le silence était seulement troublée par le crissement des pas dans la poudreuse ; un contexte idéal facilitant l'écoute des sons de la nature.

Tout à coup, JFK s'arrêta, s'accroupit et recouvra de sa main quelque chose qui correspondait vaguement à une trace laissée par un animal.

« Une martre est passée par ici » affirma-t-il en relevant la tête. « Ok, Davy Crockett ! » répondit l'autre, qui réalisa ne pas connaître le mammifère carnivore au corps allongé.

En fait, il aurait pu évoquer n'importe quelle espèce animale, le résultat aurait été identique. Curieuse, cette irrésistible envie de jouer les aventuriers, voire les spécialistes animaliers dès l'instant où il fut immergé en pleine nature. Avec son bonnet franchement de travers, qui lui masquait à moitié l'œil gauche, il commençait à instiller quelques doutes à propos de son expertise. Le visualiser en authentique homme des bois constituait, au fil des minutes, un exercice à la difficulté croissante.

Les deux trappeurs en herbe contournèrent ensuite une colline en empruntant un vallon étroit, marquèrent une pause à proximité d'un épicéa à la hauteur respectable. A intervalles réguliers, il ne pouvait s'empêcher de se baisser pour scruter les traces, ici et là, quelle que soit

leur taille. Ce qui risquait d'arriver arriva. A force de faire le malin, il perdit la seule trace véritablement utile : pas celle d'une énième bestiole, non, simplement celle qui devait permettre de regagner sans encombre le chalet.
« Savoir s'il s'agissait d'un renard, d'une martre ou de je ne sais quoi de malodorant était donc si important ! » signala Val, tout en prenant conscience que la situation pouvait rapidement devenir inconfortable. Penauds, les deux couillons furent contraints de rebrousser chemin, marchant dans leurs propres pas afin de recouper, en théorie, la piste. Ils y parvinrent, non sans mal.

Le soir même, malgré la température glaciale, ils jetèrent leur dévolu sur le plus emblématique des plats alpins, au cœur de la station de Courchevel village. D'un commun accord, ils optèrent pour la fondue aux cèpes.
Le quadra eut la riche idée de questionner le serveur au sujet des gages prévus en cas de maladresse.
« Maladresse ? » interrompit d'emblée le trentenaire.
L'effet obtenu ravit l'employé minutieux, qui s'empressa de préciser : « Si vous égarez dans le caquelon votre morceau de pain, il vous faudra écouter en intégralité le dernier CD de Lorie. »
En guise de préambule, JFK empoigna la bouteille de Seyssel, le servit généreusement. « Nous avons passé une belle journée, merci à toi ; l'intérêt à randonner seul reste limité. Aujourd'hui j'ai repensé à nos discussions, à cet univers du spectacle qui nous fascine. »
Il but de petites gorgées de vin, reposa son verre et reprit sur un ton plus solennel :

« Moi aussi, j'aime endosser la peau d'un autre, ainsi qu'on le lit dans les Fables de La Fontaine... il y a une dizaine d'années, je me suis lancé. Lors de soirées entre amis, je me déguisais, me maquillais, principalement avec l'intention de m'apparenter à une femme. Surprise assurée ! A compter de ce premier jour, mon seul désir a été de renouveler l'expérience... une obsession pour ainsi dire... la sensation est très particulière, le regard de l'entourage change radicalement.
- Je devine aisément... »
A l'unisson, ils plongèrent chacun un nouveau morceau de pain dans le caquelon en fonte. Le Comté vieux, le Beaufort d'été et la meule de Savoie offraient une belle puissance aromatique, le mélange était homogène, la texture parfaite.
Levant les yeux, l'autochtone fit observer :
« Le hasard fait parfois bien les choses. Par la suite j'ai commencé à fréquenter plusieurs personnes cultivant le même centre d'intérêt. De fil en aiguille j'ai été invité à des soirées privées au cours desquelles la majorité des assistants m'était inconnue.
- Tu y as pris du plaisir je suppose ?
- Effectivement ! Je ne m'en suis pas lassé, bien au contraire... un bémol toutefois, ces événements restent selon moi trop confidentiels.
- Peut-on apparenter ce que tu décris à un numéro de transformisme ?
- Non, pas exactement. La confusion est courante. Un transformiste cherche à imiter quelqu'un, une personnalité. Ce qui m'intéresse est plus original, un poil extravagant. Un atout de taille, je suis mon

propre personnage ; je parle des drag-queens. »
Val tressaillit si vivement que le morceau de pain piqué sur sa fourchette à fondue se détacha puis disparut en un clin d'œil au fond du caquelon. Il fronça les sourcils, présenta ses excuses. La nouvelle le laissa interdit, son ami s'esclaffa. « J'imagine que je vais te surprendre, les drag-queens ne sont pas liées à une identité de genre ou orientation sexuelle. Aucune restriction !
- Ne te méprends pas sur mon compte... je ne m'y attendais pas. Réaliser ses rêves, c'est beau.
- Un pote possédait un cabaret, aujourd'hui fermé. J'y ai pratiqué le drag pendant cinq ans, fait des rencontres incroyables, découvert un univers à part... digne successeur du bal masqué !
- J'avais noté ta position anticonformiste, ceci ne fait que confirmer. Dommage que l'établissement n'existe plus, j'avoue que le concept m'attire...
- J'ai dû conserver chez moi à Paris une dizaine de photos-souvenirs, je te les partagerai. »

Alors que le serveur enregistrait la commande de deux parts de gâteaux de Savoie, le trentenaire étouffa un rire dans ses mains jointes. « Imagine la mine déconfite de Gauthier en apprenant la teneur de la discussion, lui qui était déjà intrigué par nos absences à la même date.
- Ah... chacun a sa part d'ombre !
- Et tes parents ? En apprenant ta participation à un spectacle de cabaret... leur réaction ?
- L'encéphalogramme de la grenouille... pas même une question » articula-t-il avec un large geste horizontal du bras.

Derrière la baie vitrée, la neige commençait à tomber,

de gros flocons tourbillonnaient dans le vent ; de quoi épaissir le manteau nival.

Enfin, JFK conclut : « Profitons de demain, ce sera déjà la dernière journée. Pourvu que la météo soit clémente. Quant aux considérations professionnelles et familiales, on verra ça lundi... »

*

Posés en évidence sur son bureau, dans une enveloppe scellée, les documents relatifs à son futur déplacement étaient accompagnés d'un court message : « Val, si tu as besoin de précisions, n'hésite pas ! Béatrice. »

Une halte à Saclay réduite à sa plus simple expression, à peine rentré de l'escapade savoyarde je dois repartir, songea-t-il en prenant connaissance des modalités du voyage dans le Béarn. Sur le billet de TGV était indiqué un trajet d'une durée de cinq heures trente. Départ gare d'Austerlitz mardi matin. Mais partir de Massy, non loin de chez lui, représentait une économie d'une heure trente, le trajet étant de quatre heures. Il suivit le conseil de l'assistante de direction, « n'hésita pas » à la solliciter sur-le-champ en vue de la modification.

Dans l'après-midi, il retrouva un directeur de bureau d'études au meilleur de sa forme. En l'apercevant de loin, Brissemont s'écria idiotement : « Ah, te revoilà ! »

Sur ses gardes face à cet excès d'enthousiasme, il vint saluer son patron qui lui dit d'entrée de jeu :

« Ton retour tombe à pic ! Nous sommes dans les starting-blocks, à Bordes on attend ton arrivée pour ce "Go" tant attendu, le lancement de la fabrication du

prototype d'hélicoptère dernière génération ! Attends une seconde... j'ai là un dossier à te transmettre à ce sujet.
- La fabrication du premier proto n'a pas débuté ?
- Non... le ministre est pressé, oui, mais frileux, ce qui tu t'en doutes se répercute sur notre propre direction générale. De toi à moi, c'est préférable ainsi, lancer un prototype justifie un minimum de précautions... que dis-je, un maximum !
- Que faut-il en déduire, Gauthier ?
- Très simple. Le ministre l'a parfaitement résumé. Si tout fonctionne sans accroc, il sera présent, si des soucis majeurs apparaissent, il ne faudra pas compter sur lui – et il ne s'en cache pas...
- Peux-tu à nouveau préciser ma mission exacte sur le site de Bordes ?
- Tu as raison, mieux vaut deux fois qu'une.... à chaque étape, en particulier les premières – qui sont déterminantes dans la phase de production, tu vas t'assurer en présence des ingénieurs de la justesse des données ; les tiennes, les leurs, il va falloir les confronter en permanence. Evitons les pertes de temps consécutives aux erreurs notées tardivement, bref limitons les risques !
- Limiter ou partager ?
- Les deux ! Sans notre concours, ils étaient seuls responsables. Avec le nôtre, les éventuelles fautes seront... en quelque sorte réparties. »

Formidable. Le seul mot qui lui vint à l'esprit en sortant du bureau de Brissemont. Se couvrir restait sa principale priorité. Le patron ne manquait assurément pas d'adresse dans cet exercice. Du reste, il ne s'était pas trompé de tactique en envoyant à sa place l'un de ses ingénieurs. A son tour, il rassembla ses dossiers, après avoir traité les urgences. Dans une poignée d'heures il allait rallier les équipes du site de production de Cosmo Helicopter Engines, huit-cents kilomètres au sud.

  La petite tête du chihuahua parisien qui apparaissait périodiquement sur l'écran du smartphone lui rappela qu'il n'avait pas pris le temps de joindre ses parents depuis son retour. Il le fit sans plus tarder. A sa grande surprise, Sybille dédaigna les détails de son excursion montagnarde, s'informa en revanche de la date du départ pour Bordes : avant toute chose, elle convoitait un fromage pyrénéen, la Tomme de brebis. Il apprit également que son père, à la suite de ses initiatives vestimentaires – l'inoubliable exhibition en slip lors de ses cours – avait juste écopé d'une sorte d'avertissement sans frais.

  A Massy, le TGV en provenance de Paris s'arrêta à sept heures moins dix précises. L'arrivée à Bordes annoncée aux alentours de onze heures trente, déplacement en taxi depuis la cité paloise inclus, nécessitait de préparer une synthèse des fichiers dans un souci d'efficacité. Au moment où la rame articulée de dix voitures, tirée par la motrice, entra en gare de Bordeaux-Saint-Jean, Val s'accorda une pause bien méritée. Sur les quais bondés, un curieux chef de gare accueillait l'exceptionnel afflux de passagers. Un groupe de jeunes touristes s'illustrait par un chahut contagieux et diverses provocations visant à le déstabiliser. Se relayant, ils s'échinaient à ignorer les consignes de sécurité, montaient, descendaient des wagons. L'un d'eux fit mine de descendre sur la voie. En résumé, toutes les conditions semblaient réunies pour faire partir en cacahuète le responsable des lieux. Sans perdre contenance, il parvint finalement à canaliser les loustics ; le quai se vida peu à peu, synonyme de calme retrouvé. Le chef de gare au petit rictus amusé croisa son regard, fit le signe V de la victoire avec les doigts, puis donna l'autorisation du départ du train.

Pau. Onze heures moins dix. Il héla le premier taxi aperçu sur les boulevards, qui fila aussitôt vers le sud, parcourant les douze derniers kilomètres.

L'imposante structure de Cosmo Helicopter Engines, faite de verre et de métal, paraissait déployer deux gigantesques ailes, tel un aéronef du futur. A l'accueil, il fut très vite pris en charge par un collègue ingénieur ; ils empruntèrent la rue intérieure qui amenait une lumière naturelle dans le bâtiment de grande profondeur. Il découvrit aussi le large périmètre incluant l'ingénierie tous corps d'état, l'architecture et le suivi des travaux. Les bureaux et salles de réunion avaient récemment été réaménagés dans un souci affiché de haute modularité.

Autour d'une immense table, ses confrères s'étaient rassemblés, échangeant tour à tour sur la synthèse préparée à son attention. De brèves salutations servirent de prélude à leur réunion de lancement, programmée l'après-midi.

« Le fichier récapitulatif que j'ai préparé concerne à la fois le développement de la gamme des hélicoptères bimoteurs et monomoteurs. On a demandé ma présence à Bordes afin que nous travaillons de concert avant le

lancement de la phase suivante, la production des protos. D'abord, rappelons que l'hybridation est multiforme. Mon collègue Jean-Frédérick Kapusta en poste à Saclay fournirait des explications plus précises sur la partie électrique, étant donné son expertise. Cette énergie peut être utilisée de manière transitoire : phases de vol, besoins divers – rayons d'action, missions.
- Val, peux-tu nous confirmer que nos objectifs sont compatibles ? » s'enquit Aaron.
« Ils sont identiques en tous points : en priorité, réduire de vingt pour cent la consommation de carburant par le biais des nouveaux concepts d'hybridation ; poursuivre les gains avec les turbines de prochaine génération... les progrès doivent se perpétuer. »
Son collègue approuva. Les autres demeuraient attentifs. Il poursuivit :
« Dans l'aéronautique, utiliser uniquement la propulsion électrique n'est en aucun cas envisageable – à ce stade de nos développements. Vous en connaissez les raisons, les contraintes techniques ne le permettent pas actuellement, mis à part des aéronefs de petit gabarit, sur de courtes distances ; d'où l'impératif d'imaginer des moteurs thermiques innovants, ce qui constitue ma spécialité comme vous le savez – la seule pour être franc. Cinq défis à relever : augmentation de la puissance, baisse de la consommation, amélioration de la sécurité, limitation des nuisances sonores, réduction des émissions de particules.
- Quel est d'après toi le meilleur levier dont nous disposons afin d'influer sur la consommation, qui reste l'enjeu numéro un ? Qui dit chute de conso

dit autonomie accrue en vol… » intervint Aaron. « L'ultime évolution de l'Eco mode. En dehors des phases de décollage et d'urgence qui exigent instantanément un maximum d'énergie, la mise en sommeil d'un des moteurs pendant le vol constitue, si je me réfère à mes calculs, la meilleure source d'économie – sur un bimoteur.
- Et les systèmes de Boost électrique ? Nous n'avons pas pu estimer précisément leur impact ; aurais-tu des données à nous présenter ?
- Ces compléments de puissance en cas de besoin ponctuel – ce que JFK appelle ''le kick'', évitent la surconsommation de carburant tout en apportant une sécurité supplémentaire si une avarie moteur survient ; mais les mesures sont approximatives, c'est la raison pour laquelle elles n'apparaissent pas dans ma synthèse. »

Souhaitant recentrer le débat, il suggéra de revenir sur l'Eco mode, de s'y attarder. Il projeta les slides finalisées de justesse dans le TGV, parmi lesquelles figuraient deux tableaux synoptiques qui énuméraient les avancées obtenues. La somme des éléments techniques revus, carrément bluffante, ne pouvait que recueillir un large consensus auprès des experts. En fin de compte, les échanges se prolongèrent jusqu'à dix-neuf heures.

Si le centre historique de la ville de Pau encourageait les sorties, la météo de la mi-février les limitait. Val regagna l'hôtel Continental, implanté en plein cœur de la cité, à quelques pas du Château, du centre des congrès et des commerces. Il fallait en convenir, son employeur avait mis les petits plats dans les grands.

Le surlendemain, en s'installant dans le train du retour, il fut subitement gagné par un sentiment confus, surtout déplaisant. Sans parvenir à l'identifier, il misa d'abord sur un oubli aux conséquences secondaires.

Ce n'est qu'une fois passé Bordeaux que le mystère se dissipa. « Merde, le fromage ! » fulmina-t-il, tandis que plusieurs couples de voyageurs se retournaient, prenant un air indigné ; la Tomme de brebis commandée par la reine mère qui n'allait pas manquer de lui indiquer que le centre-ville palois regorgeait de fromagers-affineurs. La rue Saint-Charles aussi, releva-t-il mentalement ; pourquoi donc m'imposer cette corvée ? Cette manie datait-elle de sa prime enfance, les vacances d'été en Grèce où chaque année il paraissait impensable de revenir sans un fatras d'objets souvenirs ? Quoi qu'il en soit, ma mère devra patienter un peu, deux semaines très exactement.

En arrivant dans les bureaux de Saclay, le vendredi matin, il réalisa à quel point son travail habituel allait être mis entre parenthèses au cours de cette période de transition, ainsi que Brissemont aimait le rappeler.

« A peine rentré et dès ce soir, le week-end ; à terme, mes équipes se souviendront-elles de moi ? » ironisa-t-il.

Au détour d'un couloir, il croisa l'ingénieur au blazer bleu marine.

En guise de salutation, JFK le brocarda :

« Oui, monsieur ? Que désirez-vous ?

- Je viens postuler pour un emploi à temps partiel, mi-temps, voire tiers temps.
- Alors, Pau ?

- Séjour de rêve ! Location d'un autocar, visite de la région et des meilleurs restaurants ; je suis même parti pêcher la truite dans les ruisseaux, accompagné d'un guide local. Incontournable ! La renommée des Pyrénées en ce qui concerne la pêche... »

L'arroseur arrosé haussa les épaules, tourna les talons.

Lors de la pause-déjeuner, les deux ingénieurs et leurs équipes qui s'étaient rassemblés autour d'une grande table dans la salle du restaurant d'entreprise virent soudain arriver, d'un pas décidé, leur directeur. Gauthier Brissemont prit une chaise, joua des coudes et s'installa à gauche de Val.

Ne pouvant résister à l'envie d'amorcer la conversation par une boutade, il interpella son proche collaborateur : « Ta présence est devenue rare ici, quand tu n'es pas en repos, c'est dans les Pyrénées qu'il faut te chercher. Nous allons devoir nous habituer à travailler sans toi !

- Pas trop, j'espère...
- Toute l'équipe d'ingénieurs est rassurée, le feeling excellent, bref ça roule ! Inévitablement ils se sont interrogés auparavant : faudrait-il coopérer avec un petit prétentieux issu de la capitale ?
- Ravi de l'apprendre... inutile de se faire haïr à Bordes, on peut très bien l'envisager à Paris.
- Tu verras, la région est magnifique au printemps.
- Il y a Lourdes... à trente minutes. Le pèlerinage me tente assez. Ma requête serait modeste : ne pas m'éterniser dans l'agglomération paloise.
- N'oublie pas la pêche de la truite ! » renchérit JFK.

Ses déplacements bimensuels ne l'empêchèrent pas de se rapprocher de son sympathique acolyte. En dehors de leur collaboration professionnelle, ils prirent l'habitude de passer des soirées ensemble, à commencer par les petites virées nocturnes au Bandana. Cependant que leur complicité se renforçait, la curiosité de Brissemont s'aiguisait. Détail non négligeable, les bâillements se trouvaient dorénavant partagés les lendemains de fête, avec pour conséquence une suspicion grandissante du directeur du bureau d'études, relevée parfois d'une pointe d'exaspération.

Néanmoins, il ne put que s'indigner en secret, la qualité du travail fourni par les deux équipes demeurant irréprochable en tous points.

*

Confortablement installé dans l'un des fauteuils marron en cuir fendu, JFK accepta une seconde tasse de thé blanc Yin Zhen. « Fameux, ton Temple des nuages » fit-il en portant à ses lèvres le breuvage reconnaissable à ses accents anisés et au velouté des fleurs de bleuet.

Depuis le salon, il contemplait dans la cuisine ouverte de son hôte le choix surprenant : des boîtes laquées, sérigraphiées, à l'alignement parfait, contenant chacune vingt grammes de feuilles de thé.

« Se dégage chez toi une sensation de bien-être... j'adore ce deux-pièces, le mariage du béton brut et de la brique, les poutres métalliques à rivets... dommage que mon appartement à Clamart ne s'y prête pas. Les plafonds sont bas, je n'ai pas non plus de grandes baies vitrées. »

A l'extérieur, la nuit était tombée, les rues quasi désertes. Survenant avant ou après la nouvelle Lune, un phénomène à la fois naturel et remarquable apparut dans le ciel : le clair de Terre, qui générait une lumière cendrée sur la partie sombre de la Lune. Voilà qui devrait ravir ce soir les férus d'astronomie, supposa Val.

Le bras tendu, sous l'œil amusé de l'invité, il se mit en quête de la planète géante du Système solaire, la gazeuse Jupiter ; soi-disant facile à localiser en février, par sa masse et sa blancheur éclatante.

« Quelque part par ici, sinon par-là ? Ah, zut ! »

Désenchanté, il revint s'assoir près de lui.

« Excuse-moi, j'étais dans la Lune...
- Oh... joli...
- Hier soir j'ai pensé à toi. Un reportage télévisé sur Paname. Ses curiosités, ses quartiers festifs et... une dernière partie consacrée aux drag-queens.
- Sous quel angle le thème a-t-il été traité ? Gentilles fofolles ou humains décadents ?
- Plutôt comme un sujet de curiosité.
- Les choses évoluent dans le bon sens... un sujet de curiosité ? J'ai vu pire... »

Saisissant la balle au bond, il émit l'idée d'une prochaine rencontre avec Lady Cocktail, afin que son ami accède à l'univers du drag ; lequel apprit, légèrement pantois, l'ancienneté de ce terme, les toutes premières mentions concernant des acteurs vêtus d'habits féminins, vers la fin du dix-neuvième siècle.

Bien sûr, expliqua-t-il ensuite, il se proposait de lui dévoiler le contenu de ses armoires garnies de trésors : vêtements, coiffures, maquillage...

Au-delà de l'apparence recherchée, JFK insista sur ce qui constituait en-soi une véritable performance et une condition sine qua non de la perception de la féminité : l'expression scénique.

« Il est important que tu fasses la connaissance de Lady Cocktail, qui m'a aidé à découvrir le drag ; tu pourras par la même occasion exprimer ton avis sur ma prestation. Si cela te convient, nous procéderons dans la foulée à un essai sur toi. Dis-moi, as-tu appris à marcher avec des talons de douze ? »

Val écarquilla les yeux. Il s'agissait d'une question à laquelle il n'était pas préparé. « Heu... non... jamais » bredouilla-t-il en s'imaginant arpenter les couloirs du pôle scientifique de Saclay ainsi chaussé.

Son invité revint à la charge : « C'est sans doute aller vite en besogne, mais pourquoi ne pas réfléchir un jour à un show ? Préparé ensemble, dans lequel on se produirait ? Le concept est alléchant, n'est-ce pas ? »

Effectivement, il allait parfois vite en besogne, estima le trentenaire tout en l'écoutant fournir certains détails, pour l'heure aussi ridicules qu'inutiles. Que l'univers du spectacle et du déguisement exerce sur lui une sorte de fascination, cela semblait acquis ; de là à se produire sur scène dans un duo de drag-queens, il y avait peut-être encore un pas – démesuré – à franchir.

« Pas forcément... » rectifia brutalement le quadra avant qu'il n'ait eu le temps de préciser : « Quoi que... en ta compagnie... »

De récentes trouvailles sur le Net l'avaient conduit à lire un commentaire équivoque sur la pratique du drag : « Symbole de l'irrévérence et l'extravagance. » Ce fut le

prétexte d'un nouvel échange. D'abord mi-figue, mi-raisin, après une brève réflexion le mécontentement l'emporta. Irrité, le clamartois rectifia derechef :
« Belle connerie ! Où se situe donc le manque de respect ?
- Je suis d'accord, d'après ce que je peux en juger, c'est sans lien avec le drag. L'extravagance, oui, l'irrévérence, je ne le pense pas. Mon père aurait même émis une réserve sur l'extravagance. En quoi est-ce bizarre, déraisonnable, contre le bon sens ? Sur quel fondement sont fixées les normes du bon sens ? Tout ceci est discutable, subjectif...
- On n'offense personne, on ne cherche pas non plus à s'imposer. Enfin, on parle aujourd'hui d'un vrai métier, connu et reconnu du grand public...
- Qui nécessite une initiation, des compétences à acquérir, multiples » ajouta le sévrien.

*

Le mois de mars entamait sa première décade, le climat globalement défavorable pour les activités de plein air était une invitation au voyage. S'agissant d'évoquer le pari perdu en début d'année, Oliver voulut s'informer des intentions de Val. La dizaine de jours de congés payés qui se profilaient à l'horizon paraissaient propices à la réalisation du projet ; un horizon d'ailleurs pas si lointain, les dates concernaient la seconde moitié du mois. Somme toute, le recours aux services d'un professionnel du tourisme s'avérait utile. Une interlocutrice s'imposa comme une évidence : l'agence de voyage sévrienne.

Dans la posture du client fidèle, il franchit la porte vitrée, aperçut immédiatement Eva en présence de deux jeunes femmes. Une collègue plus ou moins désœuvrée le salua sans conviction, il acquiesça d'un signe de tête. Voulant se donner une contenance, il se mit à consulter le pan de mur orné d'affiches publicitaires ; toujours ce choix, ces couleurs, comment ne pas s'y perdre... Il tendit l'oreille. Les deux clientes qui se tenaient par la main, à la recherche d'un séjour en amoureuses, babillaient à leur fantaisie telles d'innocentes écolières.

L'indécision suscitée prolongea une heure durant les interminables débats. Tout compte fait, aucun accord n'ayant été trouvé, elles se décidèrent à battre en retraite.

Sans se départir de sa bonne humeur, Eva s'approcha de lui, lui confia d'une voix feutrée :
« C'est un plaisir, je suis ravie de vous revoir, j'ai justement pensé à vous il y a quelques jours... L'agence va devoir fermer, c'est l'heure ; allons prendre un verre... si vous avez encore un peu de temps devant vous... »

Ils délaissèrent cette fois le comptoir, s'installèrent autour d'une table de vieux marbre. Elle commanda un campari soda, lui un Martini bianco. Non loin de là trois quadras enthousiastes parlaient de rugby.

« Je suis revenue de l'île Maurice la semaine passée, un voyage de huit jours avec ma sœur. Nous nous sommes bien amusées, nous avons en outre nagé avec les dauphins » annonça-t-elle.

« Je tombe donc à pic... une chance, un pur hasard.
- Ou ce sont de bonnes ondes entre nous. Et si on se tutoyait, Val ?

- Volontiers, Eva.
- Merci pour ta patience tout à l'heure, à l'agence...
- J'ai préféré attendre pour te voir, nous ne nous sommes pas croisés depuis environ deux mois.
- Tu as un projet d'escapade ?
- Deux semaines – imminentes – de vacances, et un ami qui a perdu un pari : ça fait deux bonnes raisons de partir ! Ce n'est qu'un prétexte, je ne suis pas fan des voyages en solo comme tu le sais, en même temps je ne souhaite pas rester à Paris pendant mes congés...
- A quelle période ?
- Fin mars ; oui c'est dans quinze jours, à nouveau j'ai attendu la dernière minute » admit-il en voyant la mine allongée de la jolie brune.

Il songea aussitôt à l'évaluation à laquelle il avait participée l'année précédente, tous ces codes de couleurs apposés au regard de chaque prestation. Il se souvint aussi de son état d'esprit du moment, considérant que le procédé répondait aux besoins de clients "assistés"; et s'il faisait partie de ce lot, en définitive ? Le constat lui parut peu glorieux, il se sentit carrément idiot.

Voulant interrompre en douceur sa rêverie, elle le questionna sur ses envies. Il imaginait un séjour alliant repos et activités, en dehors de l'hexagone pour un minimum de dépaysement, à une distance toutefois raisonnable afin d'échapper à vingt heures d'avion, jouissant surtout d'un bel ensoleillement.

Le sévrien se tut, scruta son interlocutrice, conscient de la gageure. Son expression lui indiqua que rien n'était gagné d'avance, elle poussa même un léger gémissement

en associant le caractère urgent et la multiplicité de critères. Tentant de modérer ses propos précédents, il mit en avant deux points où des concessions seraient possibles : le standing de l'hébergement, et les dates, flexibles. Au bout du compte, il voulut conclure sur une note plus légère, sans se douter un instant de la réponse qui allait suivre :
« Tu es généralement de bon conseil, je ne suis pas inquiet. Cependant, sauras-tu relever ce challenge ?
- Je vais m'y employer ! Et en ce qui me concerne, tu peux prétendre à un peu plus que la simple prestation professionnelle » lui glissa-t-elle à l'oreille.
Bouche bée, il la dévisagea longuement. Elle lui sourit largement. Il lui fallait sortir de sa torpeur : « Demain soir, on dîne ensemble ? » articula-t-il péniblement.

Eva vivait à Vélizy. Elle découvrit l'appartement de Val, situé à deux pas de l'agence. Certains soirs elle restait à Sèvres. Il appréciait sa compagnie, son calme olympien, son ouverture d'esprit, s'interrogeait régulièrement sur les raisons de leur relation. Qu'avait-il fait au juste pour mériter de fréquenter une fille aussi agréable que jolie ?

L'influence paternelle refit surface. Récemment, Gilles s'était lancé dans une tirade mémorable dont le contenu renfermait probablement une explication recevable, à tout le moins une partie de l'explication : la différence entre "ne rien faire" et "faire rien". Si la première option était synonyme d'inaction, d'apathie, la seconde se rattachait à une attitude positive combinant présence et attente active. Sans l'avoir prémédité, lui-même devait sans doute avoir adopté cette dernière. Quoi qu'il en soit, sa position fut étonnamment efficace.

Pour sa part, JFK s'amusait follement de la situation. Son aimable collègue s'était – selon ses dires, « fait harponner » par une ravissante brune aux yeux verts. Il n'omettait pas de lui rappeler également qu'une autre demoiselle le convoitait, celle-ci à la chevelure de feu sur le plateau de Saclay.

De manière à réorienter la conversation, son homologue lui répliquait fréquemment qu'il serait plus avisé de se concentrer sur les projets en cours au lieu de se mêler des affaires d'autrui, les siennes en l'occurrence. L'un d'eux concernait Le Bandana. Et s'il avait sous la main la touche d'exotisme évoquée avec Oliver ? Ce petit plus envisagé après le traditionnel show qui continuait à faire recette mais dont l'image novatrice s'effritait ?

Après y avoir suffisamment réfléchi, il passa de l'idée à l'action, pressentant l'intérêt d'un ami. Pratiquer le drag en cabaret pendant cinq ans est une tranche de vie qui ne s'oublie pas, se persuada-t-il. Leur prochaine soirée serait le bon prétexte, le moment favorable pour aborder le sujet sans détour. Dès le lendemain c'était chose faite, profitant de l'absence temporaire d'Eva.

Celui-ci écouta la suggestion avec attention ; le convaincre fut un jeu d'enfant, il ne se fit pas tirer l'oreille bien longtemps. Encore fallait-il réussir à passer du stade du concept à celui de la proposition ferme et définitive, celle-ci dépendant d'un entrepreneur à la vista incontestable, Oliver. Val misait sur l'ouverture d'esprit du sympathique gérant, même si une petite voix

intérieure lui soufflait ce proverbe ancien affectionné par son père :
"Il ne fault marchander la peau de l'ours devant que la beste soit morte".

A présent, il devait plaider la cause de JFK, qui émit un murmure de compréhension. Avec son joyeux brouhaha, Le Bandana n'était assurément pas l'endroit idéal, un début de matinée serait préférable ; et à défaut d'une rencontre physique, un appel téléphonique pourrait suffire.

En l'écoutant émettre l'idée d'un spectacle incluant des drag-queens, en toute logique le gérant s'interrogea sur sa pertinence avec le concept existant. De fait, il garda une certaine réserve. « Pourquoi pas... » fit-il sobrement.

Intégrer une proposition aussi innovante allait certainement demander un peu de temps. Le voyage imminent prévu en duo ne constituait pas seulement l'occasion d'honorer les engagements d'Oliver – le pari perdu, il permettait en outre d'entretenir l'espoir d'une discussion approfondie dans un cadre propice.

Le soir même, aux alentours de dix-huit heures trente, la sémillante Eva franchissait la porte du deux-pièces sévrien, visiblement porteuse de bonnes nouvelles. Compte tenu des fortes contraintes, se présentaient deux options : la première à l'extrême sud de l'Espagne, Marbella et sa station balnéaire ; la seconde de l'autre côté de l'océan Atlantique, Punta Cana en République dominicaine.

« A cinq jours du départ, il serait maintenant judicieux d'arrêter ton choix, chéri. Je ne vais pas être en mesure de bloquer ces dates une journée de plus...
- Je comprends ; merci à toi, tu es adorable.
- Tu veux appeler ton ami et lui en parler ?
- Ce n'est pas utile. Il a été convenu que le choix final me revenait. Après tout, il a perdu un pari ; il avait néanmoins fixé quelques critères.
- J'ai soigneusement évité la Grèce et ses environs, ta position sur ces destinations frôle l'indigestion.
- Plutôt délicat de ta part ; j'aurais eu l'impression de partir encore une fois avec mes parents...
- L'Espagne ou la République dominicaine ?
- Autant changer de continent. Punta Cana.
- Destination idéale pour draguer ; deux hommes seuls... vous n'allez pas vous ennuyer !
- Oh là... ce n'est pas l'objectif, Eva.
- Je connais les lieux ; tu verras... » conclut-elle en esquissant une vague moue.

7

A onze heures, Oliver se trouvait déjà au comptoir pour l'incontournable check-in. Il patientait, boarding pass en main, l'agent d'accueil ayant procédé à l'enregistrement de ses bagages. Val le rejoignit et l'imita. Depuis Orly, le vol devait durer environ neuf heures avant de rallier la station balnéaire de Punta Cana.

Le premier étonnement, à la fois prévisible et déroutant, fut la température relevée à l'arrivée. Situé à la pointe orientale de l'île, l'aéroport dominicain annonçait fièrement trente degrés. Un joli choc thermique avec Paris, compte tenu des températures moyennes courant mars. Doté de colonnes rondes hautes de six mètres surmontées de cercles de béton peints en vert, le design intérieur rappelait les palmiers sur les plages tropicales locales, créant ainsi de façon instantanée un dépaysement total. Lorsqu'ils quittèrent les bâtiments aux toits recouverts de feuilles séchées, on les conduisit au Sunscape Coco. Un séjour à la formule all inclusive les y attendait. Eva avait planifié chaque étape du voyage, seules quelques activités très spécifiques demeuraient optionnelles.

Une vue imprenable sur l'océan ; des suites lumineuses, confortables, au niveau d'équipement pléthorique ; sept piscines scintillantes ; une magnifique étendue de plage de sable blanc. Le vaste complexe hôtelier ne manquait pas d'atouts. Restait à tester la qualité de service, fit observer Oliver, exprimant sa sensibilité professionnelle prononcée. Egayé par les noms attribués aux lieux, son camarade s'attarda sur un sujet nettement plus léger, les traductions : ''Cabeza de Toro'' = ''Tête de Taureau'' pour la zone géographique, ''Sunscape'' = ''Paysage solaire'' pour l'hôtel.

« Ce cadre, cet agencement, cette ambiance, tout ceci me fait penser au concept Club Med : prise en charge complète, propre, festif. Ce n'est plus vraiment en vogue, beaucoup cherchent l'originalité aujourd'hui ; mais il faut reconnaître que... » Soudain, le gérant du Bandana se tut. A travers la baie vitrée du hall principal, il aperçut aux abords de l'une des piscines deux jeunes femmes à la peau cuivrée, vêtues de bikinis brésiliens à nouer, qui tour à tour s'appliquaient de la crème solaire sur le dos. « Le cahier des charges est conforme... je suis ravi du choix de la destination » assura-t-il, l'œil goguenard.

A la croisée d'une mer grise et d'un océan bleu – la mer des Caraïbes d'un côté, l'océan Atlantique de l'autre, le bien nommé hôtel Sunscape Coco offrait un accès direct à la plage où s'alignaient des dizaines de parasols en feuille de cocotier. Sur le rivage de sable, des couples allaient et venaient, pieds nus dans les vaguelettes qui s'échouaient en douceur. Le tandem de touristes contemplait en silence la ligne d'horizon ; des navires croisaient au large dans le soleil couchant.

Un trio de créatures de rêve apparut, sortant de l'eau, tel un ballet synchronisé. Trois hollandaises, de l'avis de l'expert. Val ne put réprimer un fou-rire en supposant qu'il allait rapidement goûter à son humour particulier et à ses expressions pour le moins imagées. Oliver ne le déçut pas : « Cette fois-ci, on est au paradis, il y a un nid ici... très peu de denrées avariées ! »

Le dîner donna l'occasion au spécimen de se livrer à certaines confidences. L'ingénieur constata qu'il ne savait rien – ou presque – de lui. Le fréquenter au Bandana, dans un cadre strictement professionnel, ne pouvait que fournir des informations personnelles restreintes.

« J'ai envie de m'éclater ; depuis ma rupture il y a trois mois, je ne me suis pas amusé une seconde. Mon job a accaparé mon temps, mon énergie... bref, j'ai laissé filer l'affaire. Te souviens-tu de notre première rencontre, de Romain, l'écrivain en herbe ?

- Bien sûr, je n'ai pas oublié ! C'est lui qui m'a fait découvrir ton établissement. L'éloignement n'a pas favorisé les contacts ultérieurs, dommage, car le personnage est intéressant.
- J'ai fait sa connaissance par l'intermédiaire de mon ex compagne dont la sœur sortait justement avec lui. Curieux hasard, nous avons rompu tous les deux à quelques mois d'intervalle. Adieu, les petites italiennes... »

Tandis qu'ils se resservaient de dessert dans le généreux buffet, le trentenaire présuma qu'il était en présence d'un épicurien, possiblement d'un don juan. Si cela se confirmait, le séjour dominicain allait se résumer en quatre mots : sea, sex and sun. Ses pensées se tournèrent vers Eva, restée à Paris, et ses propos avant le départ.

Le lendemain permit de lever définitivement le doute. Sous le soleil aveuglant de l'après-midi, les compères se prélassaient sur le sable brûlant. Un employé de l'hôtel à l'allure pataude s'approcha, proposa un parasol. Et avec un geste rageur, quelque peu désabusé, il justifia son intervention : « Tout le printemps, ils se plaignent du manque de soleil, tout l'été du manque d'ombre ; alors, on fait quoi aujourd'hui ? »
La réponse tardant à venir, selon sa propre appréciation, il soupira, fit demi-tour. Oliver se retourna, narquois : « Tu vois, ce n'est pas le profil auquel je penserais en priorité pour un emploi commercial, quel que soit le secteur d'activités. »
Une nymphette solitaire se présenta à son tour sur la plage, contourna les palmiers tropicaux puis déposa sa serviette à proximité. Dans un mouvement élégant, elle ôta un à un ses vêtements, dévoilant un monokini string noir. Elle croisa le regard des deux amis, ébaucha un sourire charmeur.
Oliver se liquéfia, resta l'espace d'un instant hébété, la voyant s'éloigner et disparaître à la limite des premières vagues. Pendant que la naïade s'ébattait dans l'écume de mer, le quadra reprit ses esprits, se leva, prêt à la rejoindre. « Quel châssis... à réveiller un mort ; ça ne demande qu'à vivre... » affirma-t-il avant de s'en aller d'un pas décidé, en direction des flots.
Traversé d'une sorte de pressentiment, Val observait de loin le couple singulier qui venait de se former. Semblable à des vieux amis venant de se retrouver, il

discutait à bâtons rompus, folâtrant dans l'eau par intermittence. A présent Oliver semblait engagé dans des pourparlers, ou une négociation, d'après ce qu'il pouvait en juger. Il se hasarda à un pronostic sur la fin de journée : « Nous ne dînerons probablement pas ensemble ce soir. » Il gagna haut la main.

Dans l'immense salle de restaurant, il vit s'installer à la table voisine un quinquagénaire qui avait à coup sûr abusé de l'hospitalité du bar. Passablement éméché, il progressait en s'appuyant sur les tables, se laissa tomber lourdement sur sa chaise. La formule all inclusive a toujours ses adeptes tout en produisant invariablement les mêmes résultats, se dit-il en lui-même. Pour l'heure, il s'agissait d'éviter l'incident et de faire abstraction des relents de friture et de ses éructations généreuses. Cet épisode lui rappela l'hôtel de Monastir, fréquenté l'année précédente, envahi par une horde de touristes avinés.

Le matin suivant, Oliver réapparut en compagnie de la naïade enlevée la veille ; celle-ci s'éclipsa aussitôt. Son camarade s'enquit du bien-être du don juan :
« Tout va bien ? Et cette belle soirée étoilée ?
- On ne peut mieux, merci. Désolé pour hier soir, je me suis laissé égarer.
- Oh, tu n'avais pas l'air si perdu que ça...
- J'ai enchaîné les galères. Pour commencer, ma carte d'accès était démagnétisée ; les allers-retours à la réception pour la reconnecter... trois fois... et la jolie Anne qui patientait devant la chambre...
- Sans être indiscret, que lui as-tu raconté afin de la convaincre de te suivre aussi facilement ?

— Rien de compliqué, inutile de se casser la tête : je lui ai dit que j'étais en manque d'affection – ce qui est vrai. Pour sa part c'était son dernier soir ici... »

Ainsi que le rappelle une célèbre maxime, le Sunscape Coco ne reculait devant aucun sacrifice pour satisfaire son aimable clientèle. Au quotidien, des initiations via des ateliers dédiés aux plaisirs créatifs, pour petits et grands, figuraient en bonne place.

A l'accueil, Val consulta la plaquette informative dont l'intitulé capta son attention : « Eveiller son imagination ». Ecartant promptement la partie « Activités de quatre à onze ans », il découvrit les deux ateliers de la semaine : la peinture, les huiles essentielles. Le premier ne le passionnait guère, le second aurait plu à sa mère.

Plonger dans un monde apaisant, créer ses propres parfums personnalisés, telle était la belle promesse faite aux participants. La brève entrevue avec une animatrice plongée dans un état de grande exaltation, frôlant l'hystérie, le dissuada définitivement. « C'est formidable, vous verrez ! Figurez-vous qu'à la fin, vous allez emporter vos toiles ! »

Il se représentait parfaitement deux ahuris à l'aéroport d'Orly, chacun une toile sous le bras. Finalement, de manière prévisible, l'offre ne déclencha pas davantage l'enthousiasme de son compagnon de voyage, Oliver, qui synthétisa à sa manière : « Ben voyons, manquait plus que ça. »

Il fut néanmoins porteur d'une excellente nouvelle. La veille, profitant de sa solitude éphémère, il avait organisé une sortie qui allait sans nul doute ravir le dynamique quadra ; une surprise dont le voile ne devait être ôté que trois jours plus tard. Immanquablement, Oliver dû ronger son frein.

L'après-midi fut consacré à une expérience immersive. A Punta Cana, ils accédèrent à l'explorateur de récifs et s'adonnèrent aux joies du snorkelling. La plongée palmes et tuba permettait d'approcher des requins, des raies, dans des eaux cristallines. Un moment de pur bien-être.

Seul bémol, un crétin qui voulut – et obtint – la permission d'être photographié avec une raie sur les genoux, à moitié sortie de l'eau. Quand l'intelligence humaine est en panne, ou quand l'égoïsme forcené la surpasse...

De retour à l'hôtel, ils acceptèrent un cocktail servi au bord de la piscine. Val se laissa tenter par une recette à base de la célèbre mamajuana, reconnaissable à sa saveur unique, légèrement sucrée, incluant des notes d'herbes et de bois.

Un peu plus loin, deux jeunes couples refusèrent les suggestions du barman, demandèrent avec insistance à l'employé dépité quatre verres de rosé pamplemousse. Oliver sursauta à l'évocation du nom. Venir jusqu'ici pour refuser les merveilleux cocktails locaux tout en exigeant un vulgaire rosé mettait visiblement à mal son amabilité. « Pourquoi pas un rosé piscine aussi... » grogna-t-il en buvant une nouvelle gorgée de coco loco.

Le sévrien haussa les épaules, indifférent aux caprices des uns et des autres, notant au passage les limites de la tolérance de son ami. Puis, remarquant que ce dernier ne pouvait s'empêcher de promener son regard affectueux sur les jeunes femmes, non sans humour, il intervint :

« Il est vivement déconseillé de braconner sur les terres d'autrui. »

Le crépuscule sous les tropiques demeure un instant magique. Une lumière incertaine, irréelle, si éphémère succéda au coucher du soleil. Tel un tableau de maître, le ciel semblait illuminé de mille feux, déclinés dans une palette de couleurs allant du rouge vif au jaune étincelant.

Au début du repas, Oliver adopta un ton plus solennel. « Et si on reparlait de ta proposition ? » lança-t-il en guise d'introduction. L'ingénieur se pencha légèrement en avant, l'espoir d'une discussion approfondie allait se concrétiser. Le gérant du Bandana poursuivit:
« J'ai réfléchi à ton idée de spectacle avec drag-queens ; entre immobilisme et innovation de cet ordre, la marche est haute...
- Tu veux apporter quelque chose de nouveau, de percutant dans ton établissement ?
- Pour ainsi dire...
- Tu ne disais pas récemment "dans le commerce, stagner, c'est régresser" ?
- Le concept en place fonctionne bien ! Trouver le bon compromis nécessite du doigté : c'est savoir évoluer sans casser l'existant, autrement dit sans heurter la clientèle d'habitués, un risque à ne pas prendre.
- Je comprends, tu ne te sens pas prêt...
- Oh... petit malin, tu me provoques ? A ce jour, je ne dispose pas des contacts afin de l'envisager.
- Et si moi je les avais ?

- Ça changerait la donne... tu penses à qui ?
- A JFK que je t'ai présenté. Ce n'est pas un novice en la matière ; et il a un carnet d'adresses.
- En tant que drag, Il est comment ?
- Incroyable. »

Dans son assiette, Oliver se mit à faire des ronds avec sa fourchette, puis il la posa, marqua une pause avant de reprendre :

« D'ordinaire, on développe ce type de concept dans des établissements à thèmes. Dans un bistrot chic, l'idée peut faire recette. Soyons honnête, je la trouve géniale.
- Tu serais partant pour un essai ?
- J'ai deux ou trois conditions à poser. Si elles sont réunies, il n'y a aucune raison de refuser.
- Quelles sont-elles ?
- D'abord, un test auprès du public : un mini show en fin de soirée, peut-être quinze minutes ; ensuite, JFK en personne doit s'impliquer, c'est un gage de sérieux, tu le connais. Démarrer avec le premier venu, non merci.
- Remplir ces conditions préalables ne me parait pas irréalisable. Je l'ai déjà sondé... il est disposé à remonter sur scène.
- Parfait. Il y en a une dernière. Mon expérience m'a appris que le duo est souvent la bonne formule, les chances de succès sont supérieures.
- La chose reste envisageable, ainsi que je te l'ai dit, on peut compter sur son carnet d'adresses. »

Oliver ébaucha un sourire malin cependant qu'il saisissait à nouveau sa fourchette.

« Si j'accepte un essai avec ton ami parce que ce n'est pas

un inconnu, la même logique s'applique pour le second drag, ou la seconde ; je crois que l'on en parle au féminin, n'est-ce pas ? »

En réponse à la question, le trentenaire acquiesça et questionna à son tour :

« Que dois-je comprendre ? Tu as une suggestion ?

- Oui. Toi. »

Un silence gênant s'installa. Ce fut le quadra qui, le premier, le brisa.

« Ferais-je fausse route en disant que cet univers t'attire ? J'ai vu ton attention sur mon spectacle à Paris, et constaté ta façon de parler du drag.

- Exact ; toutefois, un show ne s'improvise pas.
- Evidemment ! Il s'agit d'une brève apparition en fin de soirée, histoire de démarrer en douceur et surtout de tester. S'il est d'accord, JFK assure la partie principale. Non, personne ne vous oblige à répartir les rôles à parts égales. Soyez astucieux, l'acteur confirmé se met en avant, le second se contente d'un jeu plus simple.
- Le format sécurise chacun, en somme...
- Crois-moi, le choc sera pour la clientèle, rien ne sera annoncé à l'avance ! »

Une main hésitante se posa sur le dossier de chaise de Val. Sans crier gare, son voisin de table de la veille, le quinquagénaire aviné, l'effleura en tentant de se frayer un passage. Ses fosses nasales s'emplirent immédiatement de sympathiques molécules odorantes. Une petite séance d'apnée improvisée lui permit de surmonter l'épreuve, tandis que l'outre à vin s'esquivait en zigzaguant.

Plus tard, en rejoignant sa chambre, le sévrien songea à l'ampleur de la tâche qui l'attendait à son retour. Avec ses connaissances sommaires en matière de spectacle, qui plus est dans l'univers confidentiel des drag-queens, il lui faudrait recourir aux services d'un initié résidant du côté de Clamart ; un initié tout disposé à remonter sur scène.

Aux premières heures du jour, les deux touristes louèrent des kayaks de mer en vue d'une randonnée. Longeant la côte sablonneuse sous une brise légère, ils comprirent à quel point la région était dédiée au tourisme de masse. Les complexes hôteliers se partageaient le rivage jusqu'à l'horizon. Ils mirent le cap au sud dans les embarcations monoplaces qui glissaient sur les eaux turquoise.

Non loin de là, un phénomène étrange les subjugua : juste devant eux, la mer des Caraïbes et l'océan Atlantique se rencontraient mais ne s'unissaient pas. Une fine ligne de démarcation s'étirait à l'infini, scindant en deux l'étendue liquide. Le gris et le bleu refusaient obstinément de se marier, offrant aux voyageurs une minute d'ébahissement.

De retour sur la plage privée du Sunscape Coco, ils mirent pied à terre, tirèrent les kayaks afin de les mettre hors de portée des vagues. Deux jeunes femmes musardaient sur le sable, engagées dans une discussion passionnée ; un sable d'un blanc éclatant, comme un appel à paresser au soleil. Venues sans doute pour parfaire leur bronzage, les nymphes de type hispanique échangeaient à propos de leurs minuscules maillots de bain. Au moment précis où le duo de navigateurs les dépassa, l'une d'elles crut bon de spécifier qu'elle portait un deux-pièces push-up. Oliver fut parcouru d'un frisson. Son coéquipier, amusé par cette réalité tangible, attendait la réplique ; elle ne tarda pas. Il murmura entre ses dents : « Espagnoles, je parie, et physiquement intelligentes. » Quand la malchance s'en mêle... conclut mentalement le spectateur attentif.

"Les jours se suivent et ne se ressemblent pas". Un proverbe qui allait se vérifier le soir même. Fait plutôt rarissime, il exprima des doutes. Le quadragénaire ne le cacha pas, son statut récent de célibataire générait chez lui une forte inquiétude.
« Je crains que ma libido en prenne un coup » lâcha-t-il au milieu des hors d'œuvres froids. « En fait, je suppose qu'elle est déjà en berne ; bizarre à mon âge, non ? »
Val tressauta, se contint. Une irrésistible envie de rire l'envahit. Eu égard à son comportement depuis trois jours, l'incertitude pouvait difficilement s'immiscer. Se voulant rassurant, il répondit calmement : « Ecoute, je ne suis pas un spécialiste, cependant sois tranquille, ce séjour ne signe pas ton déclin. » Quelques mots simples qui ramenèrent bientôt un peu de sérénité dans le dîner. Contre toute attente, le charmeur émit une ferme résolution : « On ne m'y reprendra plus. Je ne vais plus me laisser distraire. Changeons de sujet ! »

Après une journée exclusivement consacrée au farniente, au cours de laquelle le jeune technicien réussit à garder secrète la nature de l'excursion planifiée le lendemain, un employé de l'hôtel annonça que le minibus était prêt. Ils prirent place, le véhicule s'ébranla et fila en direction du nord. La petite route côtière, bordée de palmiers, les amena en quinze minutes à un parking en terre battue donnant accès à une multitude de chemins poussiéreux qui disparaissaient dans la végétation luxuriante.

Deux insectes métalliques leur faisaient face ; un rouge, un jaune. Oliver poussa un léger sifflement d'admiration. « J'aurais dû deviner ; une surprise digne d'un ingénieur motoriste ! »

Le chauffeur leur tendit plusieurs accessoires – casques, lunettes et écharpes de protection – avant de féliciter l'organisateur : « Vous êtes prévoyant, seul le casque est obligatoire, beaucoup ne prennent pas les options. Entre la poussière et l'eau, vous allez être servis ; les pluies ont fait déborder les ruisseaux, les pistes sont recouvertes parfois, enfin... vous verrez... » jubila-t-il, indéniablement comblé à l'évocation du joli bourbier à venir, telle une promesse.

Equipés de gros pneus crantés, d'épais renforts tubulaires, les buggys incarnaient l'engin idéal pour découvrir les terres intérieures de l'île en hors-piste – et faire les cons. Briqués, ils flamboyaient sous le soleil. L'employé ne s'attarda pas, il démarra et s'éloigna rapidement. Oliver s'étonna de le voir ainsi quitter les lieux, leur permettant de prendre seuls le volant des bolides tout-terrain. Le fringant trentenaire devança la question de son ami. « Juste une affaire de montant de la caution » assura-t-il.

Le chauffeur avait vu juste. Ils furent ''servis''. Ouvrant la voie, durant les premières minutes il vérifia que le second buggy le suivait de près. Avec une prise en main aisée, la boîte mécanique facilitait les accélérations sur le chemin poussiéreux qui sillonnait la forêt. Dans les virages, les branches d'arbres fouettaient les visages. Un premier passage de gué se présenta. Oliver comprit alors que son compagnon de route n'était pas un débutant. Le jeune ingénieur franchit l'obstacle avec facilité, optant pour la bonne trajectoire et une vitesse adaptée.

A son tour le quadra se lança mais, grimaçant, il peina à se sortir du lit du ruisseau. Sur l'autre rive une nuée de moustiques voraces l'attendait. Tandis qu'il faisait des moulinets avec ses bras, son camarade, futé, s'était avancé afin d'échapper aux insectes.

Ils se faufilèrent ensuite dans des pistes accidentées et étroites où les torrents de boue prirent le relai. Sur la carrosserie crépitaient par intermittence les gravillons. Maculées de sédiments en tous genres, les lunettes et les écharpes de protection se révélèrent d'une grande utilité. A l'instant où il se mit à ralentir la cadence, aux approches de la descente d'un chemin caillouteux, le gérant du Bandana tenta un dépassement hasardeux.

Il n'en fallait pas davantage pour déclencher les hostilités. Lancés dans une course folle, les deux buggys s'agitèrent, les suspensions grincèrent. Le plein de sensations fortes et d'adrénaline. Le nuage de poussière qui s'élevait à présent ne rendait pas la tâche facile au retardataire qui ne réussit pas à prendre la tête du convoi.

A nouveau, ils empruntèrent une portion de piste inondée. Cette fois-ci, Val maintint sa vitesse, projetant de l'eau de tous côtés, en particulier à l'arrière sur le second pilote devenu méconnaissable. Enfin, il stoppa sur le parking du départ. Complètement trempés, la poussière et la boue agglutinées sur les corps informes, les loustics ôtèrent péniblement leurs protections.

Le premier parvint à quitter son siège et s'étira. A son tour Oliver réussit à s'extraire, se déplia. Un bref aperçu mutuel les fit éclater de rire. Deux carapaces de boue. Ils ressemblaient vaguement à des coléoptères, plutôt à des bousiers de la savane africaine. Le visuel aurait mérité une photo-souvenir.

« Absolument magique… merci ! Par contre, tu m'as tué, ce sont de vrais tapeculs ! Dos sensibles s'abstenir…
- Content de voir que tu as aimé la surprise.
- Maintenant, on va rentrer comment à l'hôtel ? » demanda le quadra, en secouant énergiquement les mains afin de détacher les dernières mottes de terre restées collées.

A l'évidence, cette nouvelle perspective n'attristait guère l'organisateur. « Difficile de passer inaperçu en passant à la réception… Les buggys ? Ils étaient prévenus. »

La veille du départ, reparurent aux abords de la piscine les jeunes femmes de type hispanique. Après un rapide tour d'horizon, elles choisirent de s'installer à la droite d'un homme apaisé qui, sur son transat, somnolait au soleil. Sans se méfier de l'eau qui dort.

Leurs discussions animées le tirèrent de sa torpeur. Le danger se précisait. Il ouvrit d'abord un œil, puis rapidement le second. Les deux demoiselles étaient vêtues à l'identique, un body dos-nu du plus bel effet sur leur peau satinée ; un rose, un blanc. Cruel dilemme.

En regardant le spectacle qui s'annonçait, Val hocha la tête et se dit qu'il allait une nouvelle fois compter les points. Un proverbe souvent cité par sa mère lui revint : *"Mieux vaut donner sans promettre que promettre sans tenir"*. Incorrigible Oliver...

Le sévrien se décida pour une courte balade sur la plage en cette fin d'après-midi agréable. Le vent soufflait faiblement dans les palmiers, les flots venaient se briser en douceur sur le rivage. Alors qu'il revenait vers le Sunscape Coco, il eut envie d'un cocktail, bifurqua en direction du bar. A la piscine, son compère avait rapproché son transat de ceux des charmantes espagnoles ; il comprit qu'il était déjà en train de finaliser en vue de la soirée. Les innocentes créatures vinrent irrémédiablement anéantir ses fragiles résolutions.

Le lendemain, avant de monter dans l'A320, le duo se reforma pour trinquer. Ils dégustèrent la Presidente, une bière locale. Le gérant du Bandana envisageait certains aménagements de la scène dans son établissement, à la suite de l'indispensable essai du mini show avec les drag-queens. Lorsque la question du coût fut soulevée, il formula la réponse d'un entrepreneur avisé : « Ce qui importe, ce n'est pas le coût, mais bel et bien la qualité de l'investissement. »

A bord, au moment du décollage, il estima utile de fournir une autre indication importante : « Les deux inoubliables filles sont en réalité des françaises d'origine espagnole et... elles vivent à Paris ! »

Val le dévisagea, abasourdi. « Tu vois, il n'y avait vraiment pas de quoi s'inquiéter au sujet de ta libido... »

8

En septembre, les allers-retours bimensuels à Bordes n'avaient toujours pas cessé. Cinq mois pleins s'étaient écoulés depuis le séjour à Punta Cana.

Gauthier Brissemont justifiait cet état de fait par le besoin de synergie intersite et un prétexte vieux comme Hérode, l'argument politique. Selon lui, la position actuelle tendait à rasséréner le cabinet ministériel. Bref, « l'affaire de quelques semaines, quelques mois tout au plus » exposée début février par le sémillant directeur du bureau d'études, s'éternisait.

Entre-temps, le projet de spectacle auquel les ingénieurs s'associaient avait connu des avancées réelles bien que secrètes. Rien n'avait fuité. La connivence grandissante entre les deux techniciens finit néanmoins par soulever certaines interrogations ; au point de déplaire fortement au dirigeant carriériste. Celui-ci ne cherchait pas à le dissimuler, convaincu que des liens trop étroits noués au travail pouvaient gravement nuire à l'efficacité. Ainsi, il semblait « préparer quelque chose » considérait son proche collaborateur, sans parvenir à lire dans son jeu.

A son domicile, JFK l'avait d'abord présenté à son mentor, l'exubérante Lady Cocktail. Un personnage étonnant, au visage émacié et à la finesse des traits remarquable ; le délicat processus de transformation s'en trouvait manifestement facilité. Catalogué comme un être banal et introverti, Monsieur Tout-le-monde à la ville, l'expert-comptable de profession se sentait, pour citer l'une de ses phrases fétiches, « souvent invisible dans la société. » Il avait choisi de garder cette double vie malgré de régulières propositions lui permettant d'en faire son métier. Intarissable, il retraçait avec passion le mouvement drag-queen, qu'il dépeignait principalement à l'aide de deux mots : l'art, l'expression.

Val eut l'impression d'ouvrir une porte, celle d'un univers à part entière, avec ses codes, son vocabulaire. Il apprit à différencier les types de drag.

Pierre s'était orienté vers la pageant drag-queen, cherchant à mettre en valeur l'élégance, la grâce, les compétences scéniques. Un défi permanent et une exigence artistique élevée. Ses costumes extravagants, son maquillage dramatique, ses numéros de scène élaborés, tout concourait à éblouir le jeune ingénieur motoriste.

Un soir, à la vue de sa somptueuse garde-robe, il prit la mesure du talent de Lady Cocktail. Celle-ci détailla également ses accessoires. Il s'agissait surtout de laisser libre cours à sa créativité et à sa sensibilité artistique. Elle explorait les tissus, textures, couleurs, y intégrait plumes, strass, paillettes. Perruques, chaussures, sacs et bijoux complétaient le look recherché. Plus surprenant encore, elle excellait dans le padding, une technique de rembourrage favorable à l'émergence de courbes, de formes résolument féminines. Emporté par son élan, Pierre afficha sa fierté d'être reconnu en tant que fishy.

Le novice se tourna vers JFK, qui traduisit aussitôt : quand la féminité, l'authenticité sont telles que l'on pense être en présence d'une femme biologique, on devient fishy.

Autre découverte, le voguing. Elément clé de la culture drag-queen, identifiable par sa belle expressivité, la danse inspirée par les défilés de mode des mannequins était hypnotisante. Savant cocktail composé de poses, d'attitudes empreintes de sensualité, de mouvements fluides. Assister aux essais et aux répétitions privées constituait en soi un privilège, presque une formation.

Son collègue chez Cosmo Tech avait lui aussi opté pour le style qui lui correspondait le mieux. Au final son choix différait de celui de Pierre, sa préférence s'était portée sur les ambiguïtés en combinant de façon habile différents éléments de masculinité et de féminité : la genderfuck drag-queen offrait au premier quidam venu un mélange détonant.

Partagé entre deux grandes passions, les technologies électriques et électroniques d'une part, la genderfuck drag-queen d'autre part, il se dénommait Electra Gemini. Le clin d'œil en rapport avec le métier restait discret ; la signification de Gemini – le gémeau, ou jumeau – collait parfaitement avec le choix du type de drag, masculin et féminin à la fois, dans lequel Val allait à son tour se projeter. JFK l'avait patiemment guidé dans chacune des étapes menant à la pratique de cet art unique. Trouver son identité drag fut l'une d'elles, après un temps de réflexion honnête afin de déterminer son nom de scène, une composante déterminante qu'il devait s'approprier. Il s'inspira du procédé de son ami.

Les mois d'été avaient donné lieu aux répétitions. Certains soirs où ils ne s'encanaillaient pas au Bandana, les deux acolytes s'isolaient, multipliant les essayages. Peu à peu il prenait ses marques. Avec un plaisir évident. Il fut initié en parallèle aux techniques de maquillage, un préalable indispensable à la transformation des visages. Heureux hasard, il bénéficia des conseils d'un expert en la personne de JFK. Passé maître dans l'art du contouring, ce dernier imaginait, sculptait, définissait les traits d'un visage en ayant recours à de subtils jeux d'ombres et de lumières.

Un soir de fin août, alors qu'il examinait son travail sur l'apprenti, Pierre lui adressa un compliment flatteur : « Waouh… c'est carrément beat face ! » Voyant que la nouvelle recrue ne saisissait pas, il précisa : « Traits bien définis, couleurs vives, finition professionnelle. »

Apprendre à marcher avec des talons d'une douzaine de centimètres ne fut pas non plus une mince affaire ; ceci requit quelques efforts avant de parvenir à se défaire de l'allure de l'albatros qui peine à décoller. Seuls l'exercice et le temps autorisèrent de réels progrès, à l'image de l'expression scénique, complexe, en aucun cas innée.

A tort ou à raison, Val avait maintenu Eva à l'écart de cette drôle d'aventure. Elle conservait sa liberté, alternant soirées festives à Sèvres et repos dans le cocon vélizien.

A distance, Oliver le gérant de bar suivait avec attention l'avancement du séduisant projet. C'était la fin septembre, l'heure des premiers pas sur scène approchait, il était prêt à accueillir le singulier duo. Le show actuel allait être réduit de près de trente minutes, une coupure suffisante pour laisser aux clients un moment de transition avec le second show – enivrant – d'une quinzaine de minutes. En fin de compte, c'est lui qui prit l'initiative de brusquer un tantinet les choses. A en croire son expérience en tant qu'entrepreneur, le légitime désir de peaufiner un projet entravait fréquemment son lancement ; autrement dit, il convenait de ne pas tergiverser éternellement. La date de la première représentation fut fixée au samedi de la même semaine.
Le gérant du Bandana nota minutieusement les noms de scène des deux artistes. Pour donner un peu de piquant au discours de présentation du spectacle. Electra Gemini allait tenir le rôle principal, secondée par Ava Fly, une drag-queen débutante mais ô combien motivée. Un nom à la signification particulière : ayant relevé le défi, le trentenaire choisit un prénom tiré de l'hébreu, évoquant l'action de "vivre", "donner la vie", auquel il ajouta une allusion à sa passion pour les objets volants en général.

Le jeudi matin, lorsque Gauthier Brissemont franchit le seuil de son bureau avec cet enthousiasme suspect qui le caractérisait, il supposa qu'il allait enfin en apprendre davantage sur ce qui se tramait. Le patron du bureau d'études referma la porte derrière lui, s'assit et posa les mains sur les cuisses. Considérant que son contrôle sur son employé avait progressivement faibli, il avait préparé une riposte radicale.

« Je sais que la situation actuelle ne te convient pas, ton emploi du temps est partagé entre Saclay et Bordes, ce qui devait être temporaire dure depuis six mois...

- Si au départ j'ai compris les enjeux, l'intérêt d'une coopération étroite entre les sites, aujourd'hui ce n'est plus le cas.
- Je ne te contredirai pas sur ce point ; les choses sont maintenant lancées, un briefing à distance est envisageable.
- Heureux de l'entendre ; la région est belle, mais n'en abusons pas. Je vais donc retrouver mon affectation habituelle ?
- J'ai encore mieux à te proposer, mon cher... »

Le jeune ingénieur se tassa légèrement sur son siège, incapable de dissimuler son inquiétude. Brissemont le dévisagea un instant, poursuivit : « Au sein de l'équipe en poste dans les Pyrénées, tu as fait forte impression ; c'est un secret de polichinelle. Compte tenu de ta gestion sur ce dossier épineux, nous t'annonçons une promotion.

- Une promotion ?
- Exactement ! Dans le cadre de la réorganisation en cours, on te confie la direction de la division où tu travaillais. Formidable, non ?
- A Bordes ?
- Bien sûr, à Bordes, quelle question !

- Gauthier, j'ai déjà décliné l'offre en début d'année de m'y installer...
- A plus forte raison ! Tu as décliné, c'est vite dit, tu as refusé oui ! Il s'agissait d'y être détaché à titre provisoire, là on parle d'une promotion !
- Je vais devoir décliner à nouveau.
- Quoi ?! » fit-il, furieux. Il bondit sur ses pieds, mû comme par un ressort.

L'entretien tourna au vinaigre. Le patron ne parvint pas à ses fins ; il lui fallait désormais accepter le statu quo. En quittant le bureau de son collaborateur, excédé, il ne put se contenir : « Tu nous plonges dans une sacrée merde ! »

Dans sa tentative visant à l'éloigner de JFK afin de garder le contrôle, le directeur avait échoué. Par-dessus tout, s'il détestait l'idée que l'on puisse lui résister, il n'avait pas d'autre choix que de s'en accommoder. La position de son technicien ne paraissait pas révisable.

Ses priorités de vie, plus claires que jamais, l'amenaient ailleurs. Eva et lui se retrouvaient avec bonheur, à leur rythme. Le projet de spectacle pour lequel il avait tant sué était sur le point de se concrétiser. Ce jour-là, il quitta les locaux du pôle scientifique et technologique en sifflotant. Une nouvelle séance de répétition avec son collègue l'attendait. Sans nul doute, son équilibre de vie prévalait face à d'éventuelles ambitions professionnelles.

Vers vingt heures, il reprit le volant de l'Audi A3. Pour un dîner du côté du quinzième arrondissement de Paris. Le calme régnait au sein du domicile parental. Dans un silence de cathédrale, Hermès terminait son porridge frais aux myrtilles et à la noix de coco, tandis que Sybille patientait derrière lui, une serviette de table à la main. Finalement, l'étalon de deux kilos s'ébroua, satisfait du service. Les babines du chihuahua essuyées, la mère s'approcha et embrassa son fils. « Blonde, brune ou rousse ? Tu as des traces de maquillage sur les joues… »

Il se tamponna le visage avec un kleenex, elle revint à la charge : « Tu n'as pas une petite amie déjà ? Enfin, je ne voudrais pas me mêler de ce qui ne me regarde pas. » Il approuva les derniers propos.

Montrant un intérêt soudain pour l'affaire, Hermès avança à pas de loup, vint renifler longuement son bas de pantalon. Sybille insista : « Ah, tu vois, lui aussi sent quelque chose ! Mon choupinet ne se trompe jamais ! »

Les tissus, plumes, perruques et autres accessoires manipulés chez JFK – Electra Gemini dégageaient à l'évidence un éventail d'odeurs irrésistibles pour le canidé. Une mise au point amicale s'imposait, il s'accroupit afin de caresser le tyran à quatre pattes :
« Est-ce que moi je te flique quand tu sors ? Ai-je fait des commentaires sur ton petit costume d'apparat ? » Pour toute réponse, le chihuahua émit un doux grognement en penchant la tête.

Sur la table blanche de la salle à manger, un couscous végétarien sucré-salé fit une apparition remarquée. Gilles venait de s'extraire de son bureau, délaissant non sans mal ses écrits philosophiques. Il évalua à distance le plat aux couleurs fades, ne put s'empêcher de faire grise mine. Ils avaient toutefois échappé aux écœurantes aubergines au four, rectifia mentalement le fils. C'était mieux que rien. Tout en se servant avec modération sous l'œil suspicieux de la maîtresse de maison, Val réalisa qu'il allait devoir la jouer fine au cours du repas. En quelque sorte, le terrain était miné : sur la promotion refusée, sur le ralliement au mouvement drag-queen, un silence prudent demeurait judicieux, à coup sûr une excellente façon de se soustraire aux questionnements pénibles et aux incompréhensions sourdes.

Vautré sur le canapé, repu, Hermès se distinguait par des ronflements saccadés.

Les mains jointes, Gilles avait avalé le contenu de son assiette sans ciller. Le pudding de chia à la mangue, à l'esthétique irréprochable mais à la consistance peu ragoûtante, ne le réconcilia pas avec les choix culinaires de sa femme.

Alors qu'elle s'éloignait en direction de la cuisine, après avoir rappelé à plusieurs reprises le caractère "healthy" du dîner, Sybille s'offusqua du manque de culture végane des deux hommes. Pour la forme, le philosophe opina du bonnet.

L'occasion était trop belle. Le bref tête-à-tête le poussa à demander discrètement au fiston :
« En définitive, as-tu acquiescé au destin ?
- Je m'y emploie.
- Louable démarche. Assis à cette table, le sage Epictète aurait sans doute trouvé le mot juste : *"Dis-toi d'abord qui tu veux être, puis fais en conséquence ce que tu dois faire"*.
- Certains changements s'opèrent dans ma vie... Je traverse une zone de turbulences... voulues, et plutôt douces. »